民國素人誌
第三卷

四季紅

蔣曉雲

目次

四季紅

即使時間倏忽過去幾十年，那天火車到站後，躍入秀枝眼簾的鮮活多彩景物仍然歷歷在目：火車站藍綠色的木柱，咖啡色的候車座椅、灰色的水泥月臺、黑色的剪票口鐵柵欄、走出車站後的豔陽下藍天，以及抬眼可見，硫磺氣味撲鼻，煙霧繚繞的翠綠山丘。還有那個中年站長看著她的，帶點憂傷的眼神都彷彿透著青色。

在地形狹長，形狀像個烤地瓜的臺灣島上，臺北市的信義路由東到西，橫貫大半個臺北盆地，以島上標準衡量算條大路；靠近台大醫院那邊是「一段」，到了後來的一〇一大樓已經叫「五段」了。

現在信義計畫區這一帶是臺灣首席商務中心，幾十年前除了一座兵工廠和周圍的眷舍，可謂人煙稀薄，一派田野風光。靠近山腳的丘陵帶，更是墓園、墳山、亂葬崗參差，簡直是荒郊野外。

當時本地有翁氏一族，幾代勤儉，累積致富，成了地主。到了秀枝上面一輩，卻出了個她老爸翁次郎，生性嗜賭，等當家老頭子一往生，他那一支的幾兄弟趕快跟賭鬼劃清界線，早早分了家產。排行第四的秀枝出生時，次郎分到的祖產已經被變賣殆盡，只剩下沒人要的一座小山丘和山腳下全家賴以棲身的一幢農舍。

山坡地訂了長約租給人家種竹子，微薄的租金幾年才一收，農舍又沒有獨立產權，連賭桌上也抵押不出去；家中其他一切典當俱空，兩件不動產卻因為無法脫手保留了下來。上面有三個哥哥的秀枝，在那年陽曆二月底的動亂之後，本來是殖地百姓簞食壺漿迎來的祖國政府，以清鄉為名出動軍隊鎮壓本地示威民眾，軍警全島追捕帶頭請願士紳，外地口音的平民又受池魚之殃遭暴民報復，島上風聲鶴唳，人人自危的那個春天，呱呱墜地。

附近有戶姓郭的鄰居，原來世居臺灣中部，一年颱風後濁水溪暴漲，河路改道，淹沒了家園，郭家阿祖帶著幾個兒子來到臺北打拚。他們先是承租翁家的田種菜，自產自銷，勤奮發家，十幾年之內竟然陸續從次郎手上買下幾塊地，後來還幫當黑手學徒出師的長房長子郭三福，在自家地裡違章建起鐵皮棚屋，開了鐵工廠，帶頭迎向工業時代。

秀枝兩歲那年，山坡地的租金到手還不夠還次郎積欠的賭債，眼看生計無著，秀枝老母帶著走路都還不大穩的小女兒去央求已經將菜地荒廢，圍起籬笆來堆鐵工廠廢料的鄰居。傍著郭家圍牆旁的一小塊畸零地種些菜，沿街叫賣，慘澹度日。

同年，國民黨退守臺灣，帶來大批難民，也帶來建設需要的人才和其他資源。

數年之內臺北都市迅速向周邊擴張發展，郭家腦筋靈動，配合政策自行拆除部分圍牆讓路，臨街蓋起鐵皮棚頂的商品房出租給人開店營生。秀枝老母失去了種菜維生的畸零地，只得帶著已經半大的秀枝去幫越來越發達的鄰居家打零工。郭家同情老鄰居，即使剛滿十歲，只能打打雜的秀枝，也讓她和其他工人一起吃大鍋飯不說，有時候還算給她半個工的工錢。

家庭這樣窮困，秀枝小小年紀就要出去做童工，三個哥哥倒一直上學；原來翁氏家族早在清朝就撥有公田鼓勵子弟讀書；可是閩南風俗重男輕女，奉行「女子無才便是德」的傳統，日後嫁人他姓，也不進翁氏祠堂享用香火，自然不受祖宗庇蔭。雖然時光流逝，臺灣換了「祖國」，中國業已共和，翁氏一族仍然沿續舊制，只是「進京趕考」的「京」，從北京換到了東京。

甚至到臺灣光復，從日本人手裡收回以後多年，翁氏子弟凡是在校學生，也一律由後來登記為「法人」的家廟代繳學雜費用，還能領取生活津貼；在這個制度獎勵之下，家族成員漸漸丟棄鋤犁，離開水田，穿起鞋襪，著上衣冠。可是也有像秀枝三個哥哥那樣的，天生不是讀書的料，然而年年留級他們也都賴在學校裡不走，從日文一路讀到漢文，雖然花的時間長了點，個個也都混到了小學畢業，哪怕「國語」改了，兄弟們也都沒有變成文盲。

「文盲」只是他們唯一的妹妹，秀枝畢生的恥辱。遭遇坎坷，秀枝早就認了自己的「歹命」，可是年紀漸長，她發現任何痛苦的記憶都能夠隨著時間消逝而沖淡，唯獨「文盲」的印記如影隨形，跟一輩子。哪怕人生過了半百，以為所有的苦難都成為過去了，但凡遇見一點事，只要人家大聲說：「你不識字，跟你講了你也不辨！」她就馬上變得像塵土那麼輕賤，好像隨便哪個都可以踩她幾腳。

「不識字，我這世人才會常常給人欺負，給人騙去！」秀枝覺得自己不能相信任何人。

這輩子第一個騙了她的是她的父親。就在她十三歲初經來後不久，一天次郎告訴秀枝和她媽媽，有人介紹女兒去溫泉旅舍做工，東家供吃住，長大幾歲以後可以擔任湯屋「女中」（女傭），比在郭家和媽媽一起打零工「有前途」。

秀枝媽媽原先捨不得已經是自己好幫手的乖巧女兒離開身邊，尤其她幫傭的東主郭家，答應下月起如果再要秀枝去打零工，就付一個全工的工資了。可是爸爸次郎卻不由分說，強勢推開口中碎碎念著的老婆，要秀枝將僅有的幾件衣物打了個花布包裹一提，領女兒出門搭上公共汽車，到臺北車站又換乘火車，幾番折騰，從臺北盆地的東邊來到北邊的山腳下。

即使時間倏忽過去幾十年，那天火車到站後，躍入秀枝眼簾的鮮活多彩景物仍然歷歷在目：火車站藍綠色的木柱，咖啡色的候車座椅、灰色的水泥月臺、黑色的剪票口鐵柵欄、走出車站後的豔陽下藍天，以及抬眼可見，硫磺氣味撲鼻，煙霧繚繞的翠綠山丘。還有那個中年站長看著她的，帶點憂傷的眼神都彷彿透著青色。可是她不識字，迎面木牌上清清楚楚「北投」兩個大字，雖然在她的人生中留下如火燙般紅的烙印，這塊木牌在她記憶中卻是被無限放大卻模糊成一片的黑與白。

秀枝和老鄒相好後常常聊到那一天，她感歎地下結論：「我要是識字，昔日就會知自己到了哪裡，有機會我就會偷走！可惜我不識字，我的一生都害在不識字啊……」

如果識字，秀枝總是這麼想：那被賣到「四季紅」的那天，她就可以走到車站去坐火車回家；如果識字，秀枝告訴後來終於成了她丈夫的老鄒：「我就會看（明）白我爸簽的那張是賣女兒的紙。」

說賣太過，其實是押；秀枝老爸把虛歲叫十五的親生女兒抵押出去十年，頭五年是死約，收入歸於東家，後五年三七分成，算活約，可以付出補償金贖身。十年約滿之後呢？煙花女子青春短暫，屆時應該利用價值降低，去留隨意。秀枝老爸次郎簽約畫押後，拿了他該拿的，把女兒交給大家尊稱「女將」的溫泉旅館女管事，頭也沒回的走了。

「昔日他就那樣走了，連一枝冰都沒有買給我！」五年後，實歲滿了十八的秀枝哭著對她的媽媽說。

多年之後的西元二〇〇〇年，臺灣大學生支援公娼也有工作權，反對臺北市長廢娼時，在教授帶領下做過臺北性工作者的田野調查，當時數據指出，臺北市從事公娼的以自願者居多，大學生據此認為：如果臺北性工業全部轉入地下，就有逼良為娼、強迫接客，以及其他種種不人道事情發生的可能性。

學生崽紙上談兵的推論完全在上一世紀秀枝個人的娼妓生涯上得到佐證。在滿十八歲，合格領取政府頒發的「妓女證」，成為臺北市「公娼」之前，秀枝就是個無牌的小「私娼」，不但要大量接客，不從就遭拳腳交加，沒有達到足夠的客流配額，就沒有飯吃，月事期間如果碰上店裡生意好，還被打針停經強迫繼續工作，有時候生了病，就抓點草藥吃吃，連醫生也不帶去看的。

從十三歲苦熬到十八歲，秀枝終於等到了領證成為受法律保護的「公娼」那天。這個臺北娼妓的「成年禮」需要父母親自到警察局蓋章同意。彼日在北投警察局，是她離家後第一次再見她的老爸和老母。

「那日他就那樣走了，連一頓飯、一枝冰都沒有買給我！」秀枝對狠心把她賣掉的父親恨得不願意再多看一眼，只顧抱著五年不見的母親哭訴：「不是我愛吃，是講他連看我一眼都莫！」

比記憶中憔悴的母親用粗糙的手抹去女兒的淚，除了陪著哭，一籌莫展的她只能喃喃地安慰女兒道：「都是阮前世不修！你下世人一定要找到好父母……這也都是你的命！」

十八歲的秀枝沒有辦法像母親那樣把希望寄託到來世，她從傷心啜泣漸至失望嚎啕。正在跟警察交關的父親感覺受到干擾，轉頭狠狠罵道：「啊你是哭爸還是哭母！」

秀枝回嘴道：「我甘有父母可哭，你這樣還算是別人的父母？」

秀枝老爸衝過去作勢要打，被警察攔下告誡道：「喂！這裡不能打人，是你女兒你也不能打！」順手把已經繳好費用，貼了足夠印花稅票的一張證件遞給了秀枝，說：「隨身帶著，臨檢的時候要拿出來查的，你離開妓女戶的時候要記得來撤銷。」

秀枝覺得「妓女戶」很刺耳，她上班的地方是「四季紅溫泉旅舍」呀。她翻過那張內面貼著自己大頭相片的證件，不認識正面幾個大字是「妓女執業許可證」，而「妓戶名稱」一欄下面填的正是「四季紅」。

「四季紅」招牌上倒真沒有註明「妓戶」；從外觀看來，四季紅溫泉旅舍也就是間進深極長，從門口看不見走廊盡頭的日式木造建築。

小小的前院栽有松柏，具體而微地造了景，只有一株櫻花樹，罔顧園中其他盆栽般謙卑的植物，旱地拔蔥似的自在生長，張揚得突兀。沿街一寸未讓的是座和式柵欄入口，當門卻有一面中式照壁，上面還垂下兩盞紅燈籠，黃昏時亮起，行人經過就看見白色照壁上血紅的店名。

在山路蜿蜒的溫泉鄉，像四季紅這樣提供侍應生陪浴服務的日式溫泉旅館沿著窄街一棟接著一棟，白天安靜陳舊，連門口坐著打盹的看門人都像個入定的老僧，哪裡知道入夜以後能熱鬧成妖精打架的樂園。

北投摻了溫泉硫磺味道的風花雪月原來是日本人在殖民島上的心頭愛，二戰結束，日本人被遣送回國，捧場客換了本地和唐山來的生意人，紅燈依舊，風光旖旎。到了西元一九六五年美國介入越戰，利用周邊國家做後勤補給基地，臺灣雖然沒能像日本憑藉鄰國內戰，工業和經濟得以從戰敗後的灰燼裡重生，也還是在越南遭受戰火洗禮的厄運之中受到些小惠，起碼幾個官股單位拿到了一些美軍軍需用品訂單，替國家賺進外匯；某些民間休閒娛樂行業也直接賺到美元，因為臺北和香港、東京、馬尼拉、漢城，一起列入了駐越美軍的度假地點。只是當時一般來到臺北度假的美軍都只在充斥著洋涇浜英語，有西洋樂團駐唱的中山北路酒吧街上流連，罕得有人找到只通中文和日文，分屬臺北後花園的北投來。

北投雖然和中山北路相隔不遠，中山北路上的「披頭熱」（Beatlemania）對硫磺起到的加溫作用卻很有限；在包廂中跑場了半個世紀的溫泉旅館「那卡西」小樂團，只把三弦琴換成了吉他和手風琴，持續唱著濃濃東洋風味的演歌，在彎曲起伏的北投山徑上繼續流轉它特有的風韻。

除了跟隨小樂團走唱的歌女往往有天籟美聲（例如日後成了台語歌后的江氏姊妹花），北投不少風塵女郎也能哼唱幾句，好替人客酒後助興。可是秀枝不會唱歌，她的五音不全，聲音嘶啞。以前她媽媽就說過，秀枝稚齡時常常餓急而哭，很早就把嗓子喊壞了。

餓過的陰影可能對長大後的秀枝造成一定的影響，起碼讓她對食物特別渴求。貪吃也讓她在四季紅的前五年特別苦，年紀小不耐操不說，飯吃得又慢又多，完全抵觸老闆需要盡快從「抵押品」身上回收本利的原則。從秀枝老爸次郎那裡取得秀枝人身所有權的妓戶老闆，在商言商，不講感情，讓秀枝往往在「當班」的時候，還要惦念著剛剛沒吃完的那碗白米飯。

好不容易等到她滿十八歲領證之後，和東家也發展出「不會跑路」的互信了，秀枝的待遇才好了一些，除了市政府為了避免性病傳染，固定派人替有證妓女做免費身體檢查的福利之外，還能留下客人的部分賞錢。可是秀枝的父親或哥哥，卻總是以各種名目來向她需索，要不到錢就逼著她向東家賒借，以致正式入行後的秀枝不但存不下私房，還倒欠了一筆帳。

秀枝的生意也不算好，她雖然面相清秀，可是食量大胃口好，隨著年齡的增長和身體發育，秀枝除了體型粗壯，身上也體味漸濃，客人對她這個「特徵」的反應兩極，雖然有人好「這一味」，到底不是人人消受得了的。

幸而秀枝領了妓女證以後，脫離雛妓的「地下工作」，成為掛牌的正式「侍應生」，得以拓展業務領域，而溫泉旅館的人肉買賣通常都始於陪浴，硫磺味道可以掩蓋一切，所以秀枝雖然回頭客不多，被「電話叫貨」坐著摩托車到其他不供應侍應生的溫泉旅館「出差」的機會也不大，還不至於因為達不到營業額而挨罵。只是店裡有位紅牌叫玲玲，嗅覺靈敏，覺得自己對於香臭有權威定奪，一口咬定秀枝有狐臭，喜歡帶頭當眾嘲弄秀枝。那時候沒有「霸凌」（Bully）一詞，同為勾欄淪落人的姊妹打夥欺負看來有點遲鈍的苦人同伴，只當是自己苦中作樂罷了。

秀枝滿二十歲那年的秋天，一個本地人帶著三個被謔稱為「阿凸仔」的高鼻子洋人上門，年輕的一個臉上掛著靦腆笑容，另兩個大叔樣的身上掛著大包、小包的攝影器材，看見「姑娘仔」就瞇起色眼死盯。

保守的北投溫泉鄉侍應生不比中山北路什麼沒見過的酒吧小姐，四季紅的姑娘們一聽說來了美國尋歡客，又害怕又想看，像爭睹西洋鏡般蜂擁而至。日本式的溫泉旅館素來低調，從來內外嚴明，不打廣告，一向靠服務和口碑做生意。女將看到手下的侍應生亂了規矩，兼之洋人帶來的大陣仗，起先不免生氣遲疑，卻很快就被來客出示的美鈔和翻譯的如簧之舌說服，相信了允許「阿凸仔」拍攝湯屋，能招徠更多出手大方的度假美軍。

鶯鶯燕燕聽說和「阿凸仔」共浴時要照相，你推我攘，個個裝出羞怯的樣子，笑鬧成一團，就是不肯輕易就駕。翻譯帶著三分淫笑提出要求，指明要大胸脯的小姐：「阿凸仔尚尬意大捏捏……」

大家就笑著把正跟著大夥兒傻樂的秀枝向前推。玲玲冷笑道：「獨獨好，她跟阿凸仔共一味！」

翻譯換了慈祥的面容笑道：「看這掛三八查某啥咪都不（明）白！寫真出來是

要登在全世界最出名的雜誌上呢。那要登出來，就是代表咱臺灣的第一大美人！不定有人來找去選中國小姐哦。」

「啊秀枝是咱臺灣第一大美人哩——」姊妹們諷刺地笑成一團：「真是笑到腹肚痛啊！」

秀枝本來並無所謂，可是眾人這樣不懷好意的嘲弄，讓她感覺下不了臺，就把臉一垮，僵硬地道：「我不去。誰人要去誰人去！」

玲玲忽然向前一步道：「那不，我們來去。」她轉頭拉上跟她素來交好的一個姊妹，一面說：「不當給臺灣沒面。」

玲玲的姊妹淘卻對和看起來一身是毛的「阿凸仔」共浴心存疑慮，不甘心就這樣被拉公差，一面輕輕掙扎，一面嘴裡嘟囔道：「拉我做啥？寫真也照不出臭味嚀。給她去啦……」

秀枝的個子跟心眼成反比，聞言收起一臉傻笑就要開罵，女將卻走過來將眾人哄散，還對挺身而出的玲玲二人讚譽有加。玲玲和她的好姊妹就像慷慨赴義，為「臺灣第一大美人」封號而戰的聖女那樣，踩著絕對東方風味的碎步施施然走向長廊盡頭的獨立溫泉湯屋，為臺灣風月史上重要的一刻做準備。

翻譯沒有「膨風」（誇大）胡說，到了年底，一男兩女三人共浴的豔照果然刊登在世界知名的雜誌上了，不過主角是二十一歲，一臉陶醉神情的美國海軍陸戰隊上士，為「阿凸仔」侍浴的兩位「臺灣第一大美女」，不但在圖片說明中隻字未提，即使在照片裡也只出現了一個背影和另一個手臂夾著裸胸的大側面。「四季紅」是否就此門庭若市難說，可是「北投溫柔鄉」確實一炮打響，臺灣成了越戰美軍度假的熱門「景點」。後來臺灣民間甚至傳說就是這張把「復興基地」宣傳成色情之都的豔照，引起了「層峰」震怒，間接地導致十二年後臺灣禁娼，讓從十八世紀開始繁榮的溫泉鄉在八〇年代初期全面走向蕭條。

領導人有沒有因為這個單一事件親下指令全島禁娼不可考，可是在北投風化行業起落的關鍵時刻，當時專政的國民黨卻的確產生了覺悟。也許是考慮到既然遠在後山的妓戶都開始有「涉外」活動，黨工決定有需要組織個「北投特種侍應生工會」，來加強管理領證妓女們的思想教育了。這個把黨的工作做到社會最底層的好主意，在開會時獲得全體鼓掌通過，不過既然是額外的新業務，撥有專款專用，單位主管馬組長就把草擬「北投特種侍應生工會組織辦法」，發包給自己一個需要工作的同鄉，也算幫幫人家的忙。

馬先生的小同鄉大號李謹州，原來在大陸老家是個國民黨的忠貞黨員，自居中山先生的信徒，在大學時期就入了黨，抗戰前後更被指派管理家鄉大縣，成了一縣之長，在地方上曾經是一號人物。可是追隨國民黨到了臺灣，卻在敗軍之將杯弓蛇影，「寧可錯殺，不可放過」的氛圍下，受人誣陷，冤枉被送去綠島管訓了幾年。人放出來以後，李謹州的「匪諜」紀錄讓他求職時處處碰壁，哪怕學經歷輝煌，卻常常在失業賦閒和找工作之間徬徨。他的大同鄉兼同學，馬組長雖然學生時代根本看不上國民黨，到臺灣後卻在黨部謀到差事，又因為生性謹小慎微，專門找些不痛不癢的事兒做，誰都不得罪，正是國民黨到臺灣後最看重的人才，於是扶搖直上，成了部門主管。馬先生深諳為官之道，知道多出來的公事交給誰辦都不討好，既然撥有專款，就禮聘筆下來得，是公文老手的李謹州客串一下臨時師爺，代代筆。

李謹州後來聽說他草擬的「北投特種侍應生工會組織辦法」通過後，哈哈大笑，問馬組長：「馬六爹準備請哪一位來做工會的工作呢？」馬先生一時撓頭支頤，口袋裡還真拿不出個人。其實他也曾經非正式地徵詢過黨內幾個熟人，可是有家有眷的正經幹部，誰會願意出面去組織「妓女」？

「我給你保薦一個人，」李謹州神祕一笑，「準成！」

大家喊老鄒的鄒德培，就這樣當上了俗稱「妓女工會」的「北投特種侍應生工會」首任國民黨籍祕書。工會理事長自然是由提供侍應生服務的在地溫泉業者自行推舉，不限黨籍。

老鄒是李謹州的小同鄉，不過年輕許多。他上過私塾和三年小學，在老家本來是個遊手好閒的小混混，依仗寡母溺愛，吃喝嫖賭樣樣精通，就是不務正業。這樣一個痞子，卻在抗日期間，被敵人的殘暴激發了愛國情操，冒生命危險替國軍做過和敵後游擊隊的聯絡工作。抗戰勝利後他被國民黨推選為當地「籮腳工會」的理事長。所謂「籮腳」就是當地的苦力，以在水陸碼頭挑著籮筐裝卸貨物的工人為主體，分子龍蛇混雜，除非是老鄒這樣遊走黑白兩道的，正經學校裡出來的黨團幹部可管不了這些三教九流賣腳力維生的人。

那時老鄒年紀輕輕就當了「工會理事長」，算是少年得志。以他的學養見識，自然分不出黨，和國，和百姓，或者地方勢力，和工會理事長，和官，之間有什麼不同？老鄒就把國民黨派任的一個工會理事長當成當地苦力的父母官來幹，著實在碼頭上風光過幾年。也難怪後來老鄒對誓言建立新中國秩序的共產黨要望風而逃。

老鄒年輕時沉迷風月場，隻身離開老家時已經二十七歲了都還沒有訂親；也不知道是好人家的姑娘因為他聲名狼藉不敢嫁，還是他老鄒眼光獨特，從來不喜歡良家婦女？

老鄒一心相信他的「黨」會照顧自己。家鄉易幟以後，他千辛萬苦，輾轉逃到了臺灣，這才發現，他那個小地方的「籮腳工會理事長」頭銜，一點用也沒有，連臺北「黨部」的大門都敲不開。

老鄒滿口鄉音，普通話也講不好，沒有拿得出的履歷，又和本地人語言不通，堂堂一個管理層級的「理事長」竟然淪落到只能出賣勞力。然而老鄒是戒過大煙的人，肩不能挑，手不能提，連賣力氣也只能兩天打魚，三天曬網，只好厚著臉皮，到幾個聲氣相通的同鄉家裡，當蹭飯幫閒的清客。

皇天不負苦心人，老鄒在多年壓抑，甘於放棄對從前身分的矜持，降尊紆貴以後，終於靠著同鄉在國民黨部裡補上了個「工友」的缺，做做端茶倒水，在樣板一樣的選舉場子上吆喝幾聲，倒騰一下票櫃，幫內定的候選人衝高票數，諸如此類的龍套。可是薪水到手只夠付房租和填飽肚皮。日復一日，老鄒除了等待領袖不知何年何月才會實現的「反攻大陸」承諾，粗心如他也感覺看不見前途，不免怏怏不得志。

「謹爹我要好好謝謝您老人家！」老鄒聽說李謹州推薦他出任新組工會祕書一

職的事了。不僅如此，前任縣長果然比師爺還懂衙門的門道，建議馬組長在公文上替老鄒擬了個「以工代職」的辦法解套，如此一來，小學沒畢業的前「理事長」就不必經過銓敘，直接以「工友」的身分就升任了新成立的工會祕書；自然「妓女工會」不「妓女工會」，有沒有其他候選人爭取職位，就不在老鄒這個當事人了解的範圍之內了。

「我好比那王寶釧，寒窯苦守了十八春，」老鄒高興得唱起家鄉的花鼓戲，沒有留神從一九四九年熬到一九六八年，他比王寶釧還多苦了一年。

老鄒對能「重返仕途」衷心感謝：「謹爹，我現在苦盡甘來，這一切都要謝謝您老人家！」

被老鄒千恩萬謝的前縣長李謹州，做出戲中諸葛亮的表情，擺手微笑道：「你單身一個人，住哪裡都方便。北投好地方，就是遠了點囉。」

對在臺北市中心生活的人而言，當時的北投是要坐火車去的偏遠地帶，新任祕書既然需要「勤訪基層」，常跑妓戶，黨部替新成立的工會就地租借了一戶民宅，簡單裝潢一下，當成宿舍兼辦公室，方便黨工做在地「侍應生」的工作。

這間民宅在四季紅溫泉旅舍的巷子底；因為地勢是風水上的「路衝」，原屋主迷信，又正好家裡出了點事，感覺不祥得不敢再住，竟然棄屋他去，以致空置了好一陣，廉租給工會，讓國民黨新張「衙門」來鎮鎮邪。

妓女工會的理事長是個虛銜，辦公室裡真正做事的就是老鄒一個人。他替自己印了幾盒「祕書長」的名片，其實是校長兼撞鐘，手底下一個能幫著出出主意的師爺也沒有。當地提供侍應生陪浴服務的溫泉旅館老闆們，起先聽說國民黨派人來組織「貓仔工會」，小小有點緊張，在老鄒新官上任的第一個月，來來往往地設過幾次晚宴「搏感情」，結果臺灣國語對上湖南國語，雞跟鴨講，各自表述，次次喝得醉醺醺而歸就是相互探不明底細。

老鄒心想搞組織總先要造個名冊。本來他可以去跟當地警察局調卷造冊，可是他覺得不妨利用這個機會，和在飯局上認識的老闆們拉拉關係，就勉力寫了個公文，還蓋上工會的紅色大印，向各溫泉旅館索取侍應生的芳名冊。

這下可驚動了整個溫泉鄉，連工會名義上的「理事長」，也不明白這個國民黨派來的祕書「抓耙仔」（奸細）葫蘆裡賣的什麼藥？

老闆們私底下串聯，議論紛紛：來了，來了！早知道國民黨比警察還麻煩，隨時會抓人去火燒島關，什麼法院、調查局、情報局都是他家開的，連警察也是他家在管。這個「鄒蔑」如果不是想挖大家的老底，有牌侍應生的名冊在警察局和衛生所裡都有，為什麼出公文找店家要？

「馬鹿！理事長是我們的人也沒用嗎？」一個老闆罵道：「國民黨在這裡已經有警察還不夠，現在還來個工會！」

眾人決定把這新來的「國民黨」和他們素來打點的黑白兩道並列；簡言之，就是「要人給人，要錢給錢」。

「鄒蔑是賊仔！泥棒都很卑鄙！他們就是要錢。」日式溫泉旅館業者習慣說閩南話夾雜日語；他們當面尊稱老鄒「鄒樣」，背地裡就喊帶有侮辱性質的「蔑」，甚至罵他小偷（泥棒）。講話的店家曾經當面給紅包被前任警察局長臭罵一頓，才學會把鈔票塞進茶葉罐裡送禮，算是上過國民黨官員的「身段」課，就對大家提出警告：「錢怎麼塞要有技術，外省的都愛拿還假客氣。」

眾人相互點頭稱善，心裡不約而同地想到，如果這個新來的「國民黨」看上了哪家的姑娘就好辦得多了，在靠「姑娘仔」吃飯的這些傢伙腦子裡，錢財還有盡時，只有女人胯下才是他們取之不盡，用之不絕的寶庫呀。問題是，新來的「國民黨」會喜歡誰呢？

老鄒上班的時候開著門只看見一條冷冷清清的窄街，到了黃昏他下班打烊，辦公室的門一關，他回到自己的小臥室裡，外面那條蜿蜒向上的坡道卻成了上西天的路；盤絲洞一間間敞開大門，傳出酒客的喧譁和歌女纏綿的情歌，臉上紅紅白白的女人坐在摩托車後座呼嘯來去。

老鄒本來是個浮浪子弟，哪怕離家成了難民，只要吃飽飯後口袋裡還剩幾文，都會想往花街柳巷裡鑽。現在掉到了溫柔鄉，卻自持好不容易得來的工會祕書「官職」不敢輕舉妄動，晚上無聊的時候，只能隔窗張望外面的熱鬧，把巷子裡坐在穿梭摩托後座的女人當成風景來觀賞。

其實他這個妓女工會祕書，或是他自封的「祕書長」，白天也無所事事，只是從臥室走到辦公桌前，對住同樣一條巷子發呆。

北投的妓女要不待在自家院裡等生意上門，要不由摩托車「送貨」出門，一般不到門口攬客。可是秀枝喜歡在大白天不當班的時候，出來巷子裡走走站站。很大的一個原因是姊妹淘們休息時共處一室，紮堆閒聊的時候，常常有人嘲諷她的體味。秀枝多心，只要有同事面色不豫地多看一眼，或者有人以手掩鼻，她就會憤而奪門外出，讓自己消氣。

秀枝常出去轉轉的這個習慣，讓老鄒白天的視線裡多了一道亮麗的風景，他注意到在四季紅門口發呆的那個高大白皙，愛穿綠色上衣和咖啡色褲子的姑娘。她不像他在家鄉相識的妓女那樣，總是歪著、倒著，只要有牆壁或柱子就靠了上去。他在心中暗暗為秀枝的風度喝采：「啊呀！端莊！除了這個，沒有一個站得直。」他想：難怪閩南話叫婊子「站壁的」，還真傳神！

老鄒在心裡鄙視著他所熟悉的，留戀了一生的，職業愛人所流露出的職業風情，深深感覺只有秀枝不同，她即使站在妓戶門口，也是那樣穩重，像棵能遮蔭的樹，把他相好過的那些花花草草全都比了下去；老鄒沒聽過「地母」這個詞，也從不相信「一見鍾情」這種文人編出來的瞎話，可是即使隔著距離，即使只是窺視，老鄒一見秀枝，就想在她的懷裡「永安他的魂靈」。

半年後，鄒祕書終於把持不住他坐在辦公桌前單戀式的仰慕，徹底向愛情投降，中了溫泉風化業者設下的「美人計」，成了秀枝的入幕之賓。個子整整小秀枝一個頭的老鄒，最喜歡伸臂緊攬愛人厚實的胸膛，埋首秀枝的腋下。哪來什麼狐臭？老鄒的鼻尖只有費洛蒙的芬芳！

「四季紅」自然不敢收「國民黨」的錢，連帶秀枝也做白工。姊妹們一面詫異老鄒對秀枝的專情，一面又嘖嘖替秀枝惋惜成了白嫖客的禁臠。她們語帶同情地議論被自己這夥排擠的秀枝，說：「秀枝有夠衰，國民黨一定不給小費！」

沒有人知道老鄒和秀枝的祕密，秀枝的男人沒給小費，卻主動交出了整個薪水袋：「哪，看喔，我只留下吃飯的錢！」

兩人語言不大通，就比手劃腳。老鄒總是當著秀枝的面，用誇張的手勢從薄薄的薪水袋裡抽出幾張，然後說一樣的話：「剩下的你存著，替你贖身。」浪子的生活有了努力的方向，愛情滋潤了他薑黃的臉龐，瘦小黝黑，典型南方農民模樣的老鄒，在高頭大馬的秀枝身旁看起來一點都不猥瑣和矮小了。

秀枝聽不懂老鄒的鄉音，卻顯然沒有造成和他交流的窒礙。她再抽出兩張遞回去，用不耐煩卻仍然溫柔的口氣說：「哪有夠？你不是愛吃菸？」她伸出並排的食指和中指在唇上一揮。

「戒了。」老鄒微笑搖頭，學她的樣子比劃著，還加了個乾杯的姿勢：「菸、酒都戒了。戒了省錢，錢省下來，替你贖身。」

秀枝緊緊捏著男人奉上的薪水袋，比洋女人第一次收到意中人的玫瑰花還感動，眼淚都快奪眶而出，滿是愛意地用破碎的國語喊情郎：「老鄒，多謝你。」

「咳，你謝什麼?!」老鄒乾咳一聲，不好意思地說：「你跟我還『多謝』！真是！」他學著閩南語的單詞，聲音裡帶著笑意和——嬌嗔？

「謝謝你不棄嫌我是『賺吃查某』！」極少張開雙臂的秀枝，毫不猶疑地給老鄒一個深情的擁抱。

老鄒愛憐地抱住比他壯碩近半的女人，堅定地說：「你是我的『查某』（女人），有錢了，才能帶你走，有錢了，一定帶你走！」

可是秀枝家累沉重，老鄒那幾個小錢杯水車薪，兩個相愛的人又煎熬了三年，才在秀枝滿二十五歲，被她父親次郎畫押抵押出去的合約滿了之後又做了年把，才還清債務，成功脫離娼籍，和老鄒正式登記結婚。為了把愛人救出火坑，鄒祕書除了微薄的全部積蓄，還動用了所有的人際關係，甚至可能得罪了黨內的某些人。

最悲壯的是，那個幾年前爹棄娘嫌的「妓女工會祕書」職銜，也被黨內「同志」打小報告給丟了。老鄒不但被打回「工友」的原型，還回不了中山北路的黨部。幸好彼時臺灣黨國尚未分家，老鄒就直接被黨部派到臺北風化區的警察單位去繼續「以工代職」，成了地方分局裡的一名文員。

沒有了工會祕書職位的津貼，老鄒雖然還坐辦公室，一份警局工友的薪資還了為秀枝贖身起的互助會錢之後，很難維持小倆口的生活，秀枝就表示她也要為家庭貢獻，出去做工幫助家計。老鄒萬分不捨，抱著大個子嬌妻痛哭流涕，用他家鄉表達悲痛心情的七字調激動地哭唱道：「秀枝你是我的妻，嫁把我來吃苦辛，有朝一日運來轉，鳳冠霞帔啊啊——加你身！」

秀枝一個字也沒聽懂。雖然不知道內容，也不明白丈夫為什麼忽然就唱了起來，可是男人的眼淚，和聽起來一如閩南「歌仔戲」裡「哭仔調」那樣悲切的調子，她立刻就和老鄒心意相通，曉得了這是丈夫對她的憐惜和山盟海誓。

她流著喜悅的眼淚，把她的小男人攬入了如地母的懷抱，誠心誠意地說：「沒人對我比你更卡好。只要咱兩人做夥，咱啥咪都不驚！」

不驚歸不驚，「翁秀枝」三個字老學不會，秀枝就業通路受限，即便願意賣勞力，一般勞工也被要求要填幾張表格，簽簽到什麼的。無奈只能選擇家庭幫傭，可是她在「特種行業」裡混了十年，也不怎麼會做一般家務了，老鄒只好把老婆先送到鄉前輩李謹州的家裡去「培訓」，拜託當老師的李太太教教秀枝良家規矩。

秀枝住在李家天天思念丈夫，無心學習，胃口不減，還要李太太倒轉過來煮給她吃。李家經濟來源主要靠女主人的薪水，並不寬裕，多了個幫不上忙的大胃王，幾個月下來看看不是回事，只好把老鄒叫來，領秀枝回去，不過給他出了個主意，說是秀枝還有一把力氣，別的事情不會做，可以幫人洗衣服。他們夫妻感情好，出去收人家的衣服回來洗，秀枝就不用出門工作了。

秀枝的家庭洗衣服務就此開展。老鄒替她買了個收音機，她邊搓洗衣服邊收聽廣播，學了點國語，還學會唱一首台語歌謠，就叫〈四季紅〉：

春天花吐清香，雙人心頭齊震動，有話想要對你講，不知通也不通
叨一項，敢也有別項，目呅笑，目睭講，你我戀花朱朱紅；
夏天風正輕鬆，雙人坐船在遊江，有話想要對你講，不知通也不通
叨一項，敢也有別項，目呅笑，目睭講，水底日頭朱朱紅；
秋天月照紗窗，雙人相好有所望，有話想要對你講，不知通也不通
叨一項，敢也有別項，目呅笑，目睭講，嘴唇胭脂朱朱紅；
冬天風真難當，雙人相好不驚凍，有話想要對你講，不知通也不通
叨一項，敢也有別項，目呅笑，目睭講，愛情熱度朱朱紅。

秀枝喜歡這首歌，跟她從前待過北投的四季紅溫泉旅舍沒有什麼關係，純粹因為調子輕快活潑，符合她搓洗衣服的律動。不識字不能看歌本，歌詞裡有些字她不十分確定，可是每次唱到「有話想要對你講，不知通也不通」的那一句她一定放開嗓子，歡快地地提高音量和收音機裡的男女聲一起大合唱。她在「四季紅」上班的時候，很多小姐因為歌曲和店名相同，都學唱這首歌，秀枝就奇怪自己那時怎麼沒覺得這首歌特別好聽，應該把它學起來？

秀枝甩甩手上的肥皂泡沫，掠起散落到腮邊的頭髮，把厚重的幾件衣物泡在一個清水大桶裡，等老鄒下班回來以後幫她一起擰乾再晾曬。她有了身孕，大她二十多歲的丈夫對她加倍疼惜，要是看到她勉力而為，回家是要生氣的！

〈四季紅〉的輕快旋律又起，北投那個「四季紅」已經離她遠去，青樓十年就像一場噩夢，貧家女醒來時，已經是一個外省男人的愛妻，白天她用自己的雙手搓洗別人家的骯髒衣物，幫著支撐起他們簡陋卻溫馨的小家，而夜晚，她只有一個愛她敬她的枕邊人。

婚後四年，秀枝和老鄒的家添了兩口壯丁，都和父親一樣生得矮小黝黑。秀枝洗衣服的時候把小的一個綁在背上，大的用接成長條的布帶縛著，不讓走遠。

生孩子的時候，她沒有像其他嫁給外省男人的本地女人那樣回娘家坐月子，也沒有娘家親戚來幫忙，只有老鄒替她著急，到處問了進補偏方和食物禁忌，自己請假在家照顧產後的老婆。在老鄒心裡，秀枝沒有娘家，都是因為嫁給他這個窮光蛋的緣故。只有秀枝自己清楚究竟是為了什麼她和娘家恩斷義絕。

秀枝原來只是嘴上不肯原諒把她賣掉的老爸，也怨過母親懦弱，坐視親生女兒墮入火坑不救。可是父母畢竟是父母，她在正式領妓女證那年過年的時候，得到三天休假。文盲乘坐公共交通工具出趟門，真是談何容易?!她巴巴地提了大包、小包禮物，一路厚顏問道，千辛萬苦地花了大半天才到家省親。

在她離開的五年之內，家裡起了不小的變化，不但馬路開到了山腳旁，次郎仗著有三個長大成人的兒子們圍事，用賣女兒的錢修了房子，開起小賣店兼家庭賭場，肥水不落外人田，父子都在自家賭博，輸了也能抽頭，經濟情況明顯改善。這兩年哥哥們還娶了嫂子，她還有了姪子，沒有秀枝的家裡一片興旺，只是婚慶、滿月都沒有通知她出席。

「北投太遠，」秀枝體諒地替家人找理由，「而且我上班的地方也不能隨便請假。」

父母兄嫂收下了她補上的紅包，一起圍坐吃了飯。飯後她準備晚上留宿，哥哥們卻當著父親的面說：「秀枝，你現在是『賺吃查某』，以後若沒叫你回來，你就不要回來了！」

她立刻回敬了一串髒話，大哥站起來就是一巴掌打過去，二哥、三哥也作勢要加入圍毆。她像幼時那樣大哭著跑向媽媽：「姆呀，姆呀，阿兄打我！」

她一把抱住母親，激動地投訴：「阿姆你聽有無？他們叫我『賺吃查某』，叫我以後不要回家，怕我丟這個家的臉！」

秀枝母親苦著臉望女兒，這次她沒有陪著流淚，只輕輕地說：「你的八字和咱家不合。你出去那麼久，大家都慣習了。」

秀枝絕望地叫了聲：「姆！」她邊說邊泣：「我甘是自願做這途的？你敢說你們住的不是把我賣掉的錢？」

秀枝帶著傷透了的心，當天摸黑回到北投店裡；五年前被自己父親騙去賣掉之後，頭次回家，卻連一晚都沒有住就走了。

秀枝心胸並不像她的體型那麼寬大，尤其父兄雖然嫌她丟人，不要她回去，卻幾乎每個月都以各種名目來找她要錢，搜括一空後，還向東家預支她未來的「工資」。秀枝對家人的恨直到老鄒替她贖身，兩人登記結婚了才逐漸消散。老鄒說他們是明媒正娶，一定要去她家拜見岳父母：「我在臺灣孤身一人，你的父母就是我的父母！我和你一起孝敬他們。」

秀枝很感動，想想自己從此也不再是「賺吃查某」，回去不會給家裡丟臉，就同意了新婚夫婿要去岳家的請求。沒想到不去還好，一去就大鬧了一場家務，打出全武行，老鄒雙手難敵眾拳，屈居下風，一路挨打，還虧得秀枝豁出命來替他擋住，讓他飛奔去馬路上攔了警察來救命。

等警察問清原委，居然是岳丈向提了禮物回門的女兒、女婿索討「聘金」起的爭執，而這筆聘金又牽扯到一張十年前立下的抵押人口的契約時，警察的臉色就很難看了，用很不客氣的口氣，對原本理直氣壯的老丈人和大舅子們教訓起來：「販賣人口是犯法的，如果這個今天沒人告發，現場也沒有看見契約書，今天就不抓這個。翁秀枝已經成年，她結婚不需要父母的同意，聘金的要求，誰也不能勉強，你們自己去協調。」轉過頭來問老鄒：「倒是你傷成這樣，可以告他們傷害，你要不要告？」

老鄒捂著血流不止的鼻子搖頭。秀枝卻氣急敗壞地叫道：「看他們把你打成這形，當然要告！」

秀枝的哥哥罵道：「飼老鼠咬布袋，你告我打他？我還要告你打我呢！」

「你才是我飼的老鼠！」秀枝恨聲反擊道，「我甘有吃過家裡一粒米？這個厝內你們誰敢說沒有用過『賺吃查某』的錢？」

老鄒忙把又要上前和哥哥拚命的老婆拉住。拿出自己警察局的識別證給管區警員看，自我介紹是臺北市第九分局的文員，今天都是親戚之間言語不通引起的誤會，不會提告，可是需要搭個便車去醫院檢查傷勢，處理一下傷口。

警察本來想起對方幾個不是良民，而是這一區聚賭的慣犯，就面色不善，完全倒向老鄒，一看這邊還是同業，又更加客氣了幾分，連忙攙扶上了警車。

翁家兄弟們以為妹妹找了個外省人警察，想想自己這邊惹不起，秀枝嫁了等於自家金雞母被人偷走的這筆「帳」，看來以後也難要到了，形勢比人強，次郎狠啐了一口，對女兒惡言相向：「幹！以後我死都免你來拜！」跟著兒子後面悻悻然進屋。秀枝的母親全程中立，始終未出一言幫任何一邊。這個時候也跟著眾人進屋，並沒有多看回門卻未得進門的女兒、女婿一眼。

秀枝臨去，看著車窗外漸漸遠去的老家，她知道家人痛恨老鄒是因為他救她出火坑，斷了他們的財路。自私的娘家，包括母親在內，竟沒有人替她這家中唯一的女兒找到了歸宿高興，反而把回門女婿，像抓到的小偷那般暴打了一頓。秀枝難過得流下眼淚，難道因為是不識字的「青盲牛」，就活該要像畜生一樣替人做苦工，任人糟蹋嗎？她回過頭來，堅定地對痛得哼出聲來的丈夫說：「我再也不會回來這了！」

秀枝說話算話，後來果然沒有再回過娘家。

母親死的時候她被叫去醫院見了最後一面，發送的時候她帶著自己一家四口直接去了山上等待出殯的隊伍到來。老爸次郎過世的時候，秀枝已經五十歲了，和娘家二十年不通消息，沒人記得要通知她，到了寫訃聞的時候想起還有這一門親戚，哥哥們叫個和她沒有見過面的姪女到她家來通知出席喪禮。她告訴年輕女郎：「恁阿姑現在破病，身體不好，不當出門，而且恁阿公也說過死後不要我去拜他。」

到了發送的日子，她還是把在外面做工的兒子們叫回家，要老鄒寫了父母的名字貼在牆上，擺了香案，全家磕了幾個頭。

老鄒說：「還來得及，就去去吧，我陪你去！」老鄒已經退休。雖然年過七十，矮個子不顯老，和小他二十多歲的半百妻子看起來是對匹配的老夫老妻。

「不要，我腳腿痛，不得出門。」洗了半輩子衣服，秀枝中年就得了嚴重的風濕病，這一年以來陰雨天基本臥床，其他時候也多數只在屋裡坐著，很少出門走動；買菜洗衣燒飯全部仰仗她的老丈夫。秀枝幽幽地說：「而且他說過不要我去拜他的，」更大的理由看來是被賣掉的女兒還記著仇，「而且我也不想看到我那幾個夭壽的阿兄！」

可是阿兄們卻找上門來了。大約還是忌憚著曾經做過「警察」的妹夫，三個是一起來的，還帶來了一個自稱是「土地代書」的陌生人。他們來到妹妹住了二十五年的低矮鐵皮違章建築時，完全沒有辦法隱藏自己的吃驚，欺負老鄒不懂閩南語，老三用譏誚的口氣說：「恁尪不是警察嗎？甘沒有收夠紅包？你們住這啥哈？」

老鄒熱情地招呼第一次光臨寒舍的大舅子們：「稀客！稀客！」他笑嘻嘻地說著，把幾罐剛奔出去買來的汽水，放在簡陋小屋中唯一的木桌上。用破碎的閩南話說：「涼的，來，喝涼的。恁小妹咖（腳）痛，不當呷冰，我們家裡冰箱什麼飲料都沒有……」

秀枝抬手奮力一揮，把汽水罐掃落在地，對丈夫發怒道：「誰要你給他們喝？你忘記你差點給他們打死?!」

翁家老二把地上的罐子加踢一腳，也怒喝道：「秀枝，你嘛卡客氣耶。我們是你阿兄，不是你的冤仇人！」

「你們用『賺吃查某』的錢，還不許『賺吃查某』回家看父母，你講你們是不是我的冤仇人？」秀枝失去父母，不克送終和奔喪的悲痛忽然全轉化成對兄長的恨意，歇斯底里地大吼起來。

「不跟你這個肖查某（瘋女人）計較！」老大示意跟來的代書拿出一份文件，「你就在這上面簽個名，拿身分證來登記一下，簽完我們就走。」

「我不識字！」秀枝恨聲說，「哪知是簽啥咪碗糕？恁不是說我青盲牛什麼都不辨！」

「知你是青盲牛，」哥哥不屑地說，「你身分證借一下，在這裡畫一下就好了。」

老鄒把文件拿起來，戴上老花眼鏡看了一下，問代書這都是些什麼？代書正要回答，翁家兄弟說：「跟他沒關係，我妹妹簽了就好了。」

秀枝說：「我已經被賣過一次了，你們不要欺負我不識字，肖想要賣我第二次！要想我簽字，你就給我說清楚。」

代書不敢回答，偷看一眼翁家兄弟。老大點頭道：「就告訴她又怎樣？她是女兒，又嫁人了，本來就沒份！」

原來翁家以前賣不出去的那兩件地產，因為都市規劃，成了寶地，有建築商看上了要開發合建。翁次郎去世沒有預立遺囑，遺產由四個子女平分。翁氏兄弟是來要妹妹放棄繼承權，好讓他們能以繼承人的名義把土地轉讓給開發商。

秀枝聽清來意，邊哭邊罵地說了一大串，大意是：為什麼要簽？絕對不簽！你們當初不賣我，就要賣地，所以這塊地留到今天是拿我這個人換來的，應該是你們簽拋棄繼承權才對！

老鄒聽妻子講得悲壯，也激動了起來，大聲地幫著腔，用他那沒人聽得懂的湖南土話說：「娘賣X，雜種欺負我堂客欺負到我家裡來了！」

翁氏兄弟聽了妹妹一番搶白，配上旁邊一個外省老頭不知所云的吼叫，簡直暴怒，如果不是身旁還有個外人，當場就要再打這對老弱的夫妻一頓。正吵得不可開交之際，聲稱腿腳不便，不良於行，始終坐在躺椅裡說話的秀枝忽然站起，跑進廚房拖出一把菜刀，往桌面一劈，立即入木三分，可見用力之猛。秀枝披頭散髮，大吼道：「別講了，今日恁祖媽要跟你們分到最後一角銀！」

這次老鄒沒有主張息事寧人，分產家務鬧進了法院，纏訟了三年才和解。本來翁氏兄弟估量妹妹不識字，老妹夫七十大幾的人了也拖不起，沒想到老鄒快八十歲了還很健朗，秀枝雖然從四十出頭就病體支離，卻有丈夫悉心照料起居，不但到了六十歲都還沒有倒下，她的鬥志更像鱉一樣，咬緊了招惹的手指就不鬆口。三年來臺北信義區的地價節節高漲，翁氏兄弟眼睛看得見肥肉，可就偏偏吃不到口，用盡黑白兩道手段，也沒辦法讓這對貧賤夫妻就範，最後反而是兄弟們積欠了賭債和律師費，被討債公司追得自己拖不起了，主動棄械投降，要求和解。

官司結束後，建築公司分給地主的房產還沒到手，翁氏三兄弟就被迫轉讓還債。翁次郎留下的祖產，只有女兒秀枝一家守住，農曆年後全家搬進了原址是她老家的嶄新電梯大樓。喬遷之喜那天，病病歪歪已經不能像往日那樣挺立的老年秀枝靠在矮她一頭的老鄒身上，笑看兒子們依照習俗，在門口燃放鞭炮，慶祝「新屋入厝」，心裡充滿回到老家的喜悅。生性記仇的她已經完全忘了婚後回門那天，曾對娘家割席絕交，自己斬釘截鐵地說過「再也不會回來這」的話了。

二〇一三年三月十八日 初稿
二〇一三年三月十九日 二稿
二〇一三年三月二十日 定稿
二〇一三年三月二十一日 改錯字

傻女十八嫁

津晶不明白中國男人有用「納妾」、「養情婦」這樣的形式來進行社會救濟的善心和傳統，一開始並不領情。別說她離開學校那麼久，嫁都嫁過兩次了，生過小孩、當過酒女，津晶早已失去了向學之心。不過胖哥晚上去酒家「上班」，她閒著也是閒著，後來也就接受了丈夫要她去上夜間補校的安排。

一　津晶

韓津晶十八歲初嫁。新郎是她初中的美術老師路楠。未嫁之前，津晶身邊除了學校男同學，還有街坊「怪伯伯」從小學起就沒間斷過的疑似性騷擾。西元六〇年代臺灣風氣保守，邊陲港城哪怕是本地人口中「莫規莫矩」的外省難民家庭，也不多見像津晶那樣美麗早熟，出嫁之前就和異性有許多互動經驗的年輕姑娘。

良家少女在外不守行為的先決條件是家裡大人不管；津晶的母親自從遭遇丈夫和獨子同時喪命的人生大慟以後，精神始終無法振作。後來再嫁生子，又併發當時還沒人聽過的「產後憂鬱症」，人時常怔忡失神，連主婦的本職都無法承當。繼父又要上班又要照顧多病的妻子和年幼的親生兒子，面對帶不親又叫不動，成天「野」出去的繼女，雖然為了對妻子的道義和責任，在飯桌上多擺副碗筷，其實眼不見心不煩，對津晶去哪裡、做什麼從不過問。

津晶到臺灣的時候已經七、八歲，很記事了；對過世的生父和哥哥時常想念不說，連父親生前任職輪船公司，天津老家是座小洋樓，父親常和母親穿著體面的衣裳，出去做客或看戲等等瑣事也都清楚記得。只有某天晚上，家裡開舞會，津晶和寄住家中的親戚孩子，一個比她只小一歲卻喊她「姑姑」，名字叫「琪曼」的小女孩，躲在樓梯上，偷看大人們男女相擁起舞；那個畫面卻疑幻疑真。尤其年代久遠以後，不經意想起，津晶都有錯覺那可能只是一場童年的美夢。

小津晶如夢一般的好日子太短，不復記憶，可是更多的老百姓根本連夢都來不及做，就走完了人生路。

那些年中國戰禍連年，死的人多了！辛亥革命趕跑了皇帝，並沒有迎來太平歲月。緊接著的是軍閥割據、日本侵華，國境之內烽火不已。

好不容易熬到了民國三十四年對日抗戰結束，千瘡百孔的國家百廢待興，國共兩黨的鬥爭卻竟日加劇。內戰戰火從北向南延燒，津晶父親費了大氣力把工作調動到妻子娘家所在的上海，旋即發現也不是長久之計。他先安排姪子韓國清一家三口去臺灣，又讓妻子也帶著小女兒過去。他自己有工作在身，又不想剛上學的兒子耽誤課業，盤算等到學校放寒假，農曆年再帶兒子去臺灣和妻女會合，一家團圓。哪知趕在小年夜搭乘的輪船，甫出吳淞口就被一艘貨船攔腰撞上，父子雙雙遇難。因為是船公司員工，「自己人」沒有買票，不在乘客名單上面，連「失蹤人口」都沒算上，最後還是靠獲救的熟人才證實了死訊。隨著船公司倒閉，補償金也不了了之。雖說夫妻各有幾個親戚在臺北，然而即使不是自身難保，也和他們住的基隆港兩地相隔，交通不便，極少往來；母女靠典當支撐。兩年後，津晶的媽媽在三十歲前夕帶著拖油瓶女兒哭哭啼啼地改嫁了。

津晶的繼父是造船廠的熟練技工，雖然比不上津晶父親昔日的風度和職位，卻也收入穩定，相貌端正，長得像個好人。繼父喜歡孩子，比津晶媽媽小了快五歲，結婚前就和津晶很投緣。和津晶媽媽結婚，正式成了一家人後，情況卻隨著津晶的逐漸發育改變了。繼父明顯的主動疏遠津晶，言行之間在在和長大的繼女保持距離，到後來更是除非必要，連話都懶得和津晶多說一句，自然談不到取代津晶心裡父親的地位。

早年失怙也許是少女津晶對外尋求異性溫暖的原因之一，不過路老師年近不惑，卻輕易擄獲少女芳心，原因可不止是小女孩有戀父情結那麼簡單。搞藝術的本來就比常人多情浪漫不說，路楠一生因戰亂而流離，如浪子般漂泊的生涯雖然沒讓他更具人生智慧，卻讓他對女人更有經驗，就以先上車後補票的手段達陣，在津晶升高二的暑假裡，揀了黃曆上一個好日子擺桌酒，在女方家長沒出席的情況下，把肚子已經隆起到出租新娘旗袍沒法遮掩的小嬌妻娶回了家。

新房很簡陋，就是原來路楠的單身教員宿舍，在門上貼了個紅色雙喜字花算數。

原先屋裡的上下鋪床架捨不得丟棄，被推到房間一隅，前面小茶几一擺，床墊上堆放幾個大靠枕，就成了張有置物頂棚的克難沙發。靠窗還是原先的畫架和舊書桌。新添的家具有兩件：靠牆一個七成新鑲鏡衣櫃，和一張占據了整個房中央的雙人床。

原本寬敞的一間統艙大房這麼一弄，頓時顯得逼仄，幸好牆上高高低低新貼出許多女人裸體素描，紀錄著津晶如何從一個十五、六的美麗少女，成長為十七歲的小女人，到孕育著小生命的十八歲年輕孕婦的人生，讓一間陋室平添旖旎風光。

路楠自稱流亡學生，說是十來歲就離開了烽火連天的家鄉，抗戰時期流浪了幾乎整個中國大陸，家人早已因為戰亂失聯，自己沒結過婚。日本投降以後他應聘到山東當中學教師，國共內戰的時候隨學校輾轉先到澎湖，最後移居臺灣本島。路楠男人女相，又留著藝術家特有的凌亂長髮，眉雖不濃，深深的雙眼皮下卻有一雙受驚小鹿似的眼睛，對女人依戀相望的時候，能激發年紀小到可以做他女兒的女孩湧出濃烈母性。

嫁了一個奔「四張」，還在女學生眼睛裡尋找自己水仙花般倒影的男人，津晶的蜜月還沒開始就結束了；丈夫在以她為裸模的最後一張畫作完成時，毫不痛惜地一把抓皺了扔開，皺著眉頭對大腹便便的妻子抱怨道：「一下筆我就知道這張不成！誰說『母親是最美的』？狗屁！你看你現在這個樣子，畫得好才怪！」

孩子出生後，前三週還挺熱情的父親也試著畫過小嬰兒，可是除了幾張熟睡著的像天使，醒來會哭鬧的初生兒卻讓他感覺來了個破壞人生所有美感和安寧的小怪物，曾經美麗的小妻子也不再給他百分百的關注，成了一個蓬頭垢面整天被小怪物支配的俗物。津晶還沒出月子，路楠已經盡量躲遠，經常在外面打一整夜的麻將，逐漸連幾天不回家也成了平常事。

孩子三個多月的時候半夜忽然發起高燒，津晶焦急地睜眼等到天亮，去學校也找不到丈夫，無奈抱著連戶口還沒報，學名也還沒起的嬰孩回娘家求援。

繼父上班、弟弟上學去了。母女倆把月沒見面，津晶發現母親比以往更加精神恍惚，眼神渙散地呆望著女兒和外孫，對津晶開口借錢給孩子看病的要求恍若未聞，口中喃喃地說些聽不懂的話。到了中午津晶看見媽媽還曉得開煤油爐子，去熱隔夜菜當中午飯，又燃起希望，再度求情。媽媽卻自己吃起午飯，沒有問一聲女兒要不要。

母親吃完後跟她說了句：「你還不走？」又自顧自關起房門睡午覺去了。

自己還是個孩子的津晶就抱著始終呼著熱氣，卻不再高聲哭鬧的嬰兒，在她從前的小床上半躺半臥、醒醒睡睡地飲泣了一下午，直到黃昏時分繼父帶著弟弟，推著單車，提著菜籃回來。

「先吃飯吧。等吃完了飯，再拿錢給你帶小孩去看病。」繼父皺著眉頭簡短地交代兩句後，逕自走進廚房。

吃飯的時候，津晶把孩子放在床上，怕發燒的孩子吹了風，還特別蓋上厚厚的被子，才帶上房門出去。就那麼一小會工夫，等她吃完飯過來，準備抱孩子出去看病的時候，小小的身軀已經涼了。

二 金晶

「金晶，你別在這裡混了，我看你嫁給我算了！」人稱「胖哥」的丁蟠格就著津晶手上的筷子吃了一塊白斬雞，自己拿過酒杯浮一大白，半真半假地當著一桌子的人求起婚來。

在這裡花名叫「金晶」的韓津晶，嬌笑著用手絹拭去酒客胖臉上混合著唾沫和雞油流下的殘酒後，熟練地點上一根菸，自己先深吸一口，再送到男人厚厚的唇邊。窗外「白美人大酒家」的霓虹燈透過百葉窗的縫隙，閃爍在酒女們釘了亮片的旗袍上。

「好呀，胖哥，把這三杯乾了我就嫁給你！」津晶豪爽地把眼前的酒一飲而盡，「這杯我先乾！等你明天酒醒了不賴皮，我就搬到你家去做你老婆。」

燈紅酒綠的地方只有青春值錢，可是批發帶零售，消耗得也快；這才多大點工夫，津晶已經快要忘記自己的前半生，曾經是一個十八歲的小母親。她和前夫之間的婚姻是為肚裡的「愛情結晶」而成，失去了這個初衷，兩個人好像沒有理由要在一起了。孩子夭折後，傷透了心的津晶無師自通地成了個潑婦，路楠從她心裡高高在上的神壇上跌了下來，不但不再是值得尊敬的老師，更不再是那個喊她「我的維納斯」的偉大藝術家。津晶披頭散髮，口中恨恨聲痛罵：「廢物！你不養老婆、小孩，你算是什麼男人？」

路楠出去逃避，又是幾天沒回家，津晶想起耽誤了孩子就醫的恨事，就拿著一把菜刀坐在門口等待，到丈夫終於回來了，一揚手把菜刀當成飛鏢扔過去，一面大喊著迎上前：「凶手！我要殺了你替我的孩子報仇！」

男人受驚之餘沒有想到憑體型自己占盡優勢，反而被女人的氣勢嚇得拔腳狂奔而逃，津晶把命豁出去一樣地追趕，直到被鄰居和熱心路人叫來的警察合力攔下。發了狂的小女人力氣大到幾個男人抓著都感覺費勁。熟人知道津晶媽媽的情況，認為不無遺傳的可能，勸路楠離婚。學校方面怕出事，想方設法地讓路楠預支了三個月的薪水給津晶當成贍養費，讓她在離婚協議書上簽了字，快快搬離教員宿舍。津晶就拿著婚後第一次看見的丈夫薪水袋，連娘家都沒有回去道別，頭也沒回地離開了傷心地，逕赴臺北闖天下。

津晶乘火車到了臺北，就近在龍蛇混雜的後火車站一帶找了個三夾板草草分隔，租戶各只有一張床的廉價分租房落腳，然後天天出去買份報紙，在分類廣告的求職欄上謀職。

臺北物價高，沒過多久，她那點贍養費已經坐吃山空，可是工作還是沒有著落；哪怕津晶再不諳世事，至此也覺悟像自己這樣沒有靠山和關係，高中都沒畢業的女人，即使在繁華臺北也根本找不到工作。她住的地方離從前叫「江山樓」的風化區不遠，走出去買份小吃都要經過幾家店名香豔的「酒家」，酒家大門上長期貼著招聘「女侍應生」的紅紙條，統統註明「不限省籍學歷，無需經驗，體健貌美，即刻上班，可先借款」。津晶每次走過都會看看、想想，可是像她這樣沒見過世面，也知道那些不是正經地方，就沒有進去。

四個月後的一天早上，房東來催繳房租未果，對津晶罵起粗言穢語，並且威脅當晚就要換掉門鎖，把她扔出去。津晶關起門哭了一會，淚乾了，人卻犯了傻；除了自己無家可歸，無依無靠的現實，她的腦子裡一片空白，一點辦法也想不出來。津晶呆坐到黃昏，忽然想到房東就要帶人來換鎖了，嚇得一躍而起，出門走到最近的一間「酒家」就入內應聘。

招工的一對男女要她把外套脫掉轉了個圈，沒問幾句話就錄取了，而且當下讓她拿身分證抵押，「借」了點其實是高利貸的薪水，把欠下的房租還了，津晶算是生平第一次靠自己對付掉眼前難關。酒店的人要她改名「金晶」，即日上班。媽媽桑帶著仁慈的微笑對她說：「金晶啊，咱自己人了，有需要借再個來，免客氣！」

金晶欠錢不多，又不懂閩南語，不會唱日本歌，加上一開始說要做「清的」，媽媽桑為了避免麻煩，就替她安排接待些斯文客人。

當時臺灣戒嚴，文化事業管控嚴厲，公家報紙銷量差，兩家民營大報都不愁沒人拿著銀子爭取廣告版面。「胖哥」丁蟠格是大報工商版業務員，拿新聞企業的死工資和廣告公司的活回扣，算個「文化人」，酒家就是他的辦公室。雖然沒有大的勢力或財力，胖哥的胖臉上總是笑嘻嘻的，與人廣結善緣。酒店應酬有酒和美人助興，難免要香面攬腰、摸手捏腿，可是他一般不帶小姐出場，算一位風月場中難得的紳士。口袋雖然不深，人面卻廣，「罩」一個新進小酒女還不成問題，兩人有緣，胖哥就成了津晶的「恩客」。

津晶墮入風塵轉眼一年，收入雖然增加，可是開銷也跟著水漲船高。換了個稍微好點的小套房要多付租金吧？以色侍人要買胭脂水粉，又要置裝吧？跟姊妹淘一起總要社交一下吧？再加上吃零食、打麻將、抽香菸這些新習氣，更有欠款的利上滾利，賺來的錢由手到口一轉，就像變魔術一樣地不見了。

她嘟囔做酒家女賺不到錢，媽媽桑就拱她賺出場費。津晶認真考慮以後，卻覺得生張熟魏零星出賣，還不如嫁人只要伺候一個男人。胖哥雖然年紀大得可以做她父親，可是養活妻小應該不是問題；至於丈夫候選人的人品、學識、前途、感情以及其他「細節」，就不是津晶當時的條件和智慧所能考慮到的了。

才只二十一歲，人生應如朝露一般清新的時刻，津晶已經走過一個女人感情和婚姻的大起大落；她的甜蜜初戀開花結果，可是所託非人卻留給她家破人亡的傷痛。津晶的愛情和她的初生兒一起早夭；生活把花樣少女逼成了一頭為了生活掙扎的小母獸。津晶再不猶豫，抓住胖哥酒後一句玩笑話，拖著半醉半醒的老新郎，在文具店買來的結婚證書上簽名蓋章，把自己救出了風塵。

那時國民政府敗退海島已經十幾年了，官家還天天喊「反攻大陸」不臉紅，有人說是「愚民政策」，特務機關就「記取丟失大陸教訓」，把批評政府的人關到綠島消音，維護社會安寧。既然控制輿論，辦報就要特許，除了公營的黨報，三兩張民營執照只交給信得過的自己人。傳媒版面有限，廣告業務員成了肥缺。胖哥的收入不錯，自己花天酒地以後，還有節餘養家，津晶二嫁後過得很好，過年的時候還提了禮物回過基隆娘家。

胖哥雖然娶了個「小」妻子，自己心裡卻另有打算。他跟很多隻身來臺的外省難民一樣，明明不怎麼相信，卻又癡情無悔地在等政府兌現「反攻大陸」的承諾；他隨時準備好拋下臺灣的一切，回去家鄉和父母、髮妻、兒女團聚。

臺灣這個「家」對胖哥來說是臨時的，小妻子也是臨時的，除非元配讓他納妾，胖哥跟津晶並沒有做長久夫妻的打算。可是胖哥有良心，他勸津晶去上補校，把高中讀完：「如果你有張高中文憑，我可以把你介紹進報社。」胖哥憐惜地對她說：「我比你大了二十五歲，你這麼年輕，我幫你還債，把你從火坑裡拉出來，並不單是要替自己找個人。」

津晶不明白中國男人有用「納妾」、「養情婦」這樣的形式來進行社會救濟的善心和傳統，一開始並不領情。別說她離開學校那麼久，嫁都嫁過兩次了，生過小孩、當過酒女，津晶早已失去了向學之心。不過胖哥晚上去酒家「上班」，她閒著也是閒著，後來也就接受了丈夫要她去上夜間補校的安排。

津晶讀書的底子其實不差；如非戰亂，她也是書香門第，曾經幼承家教。雖然高中只讀了一年，回爐上補校直接就考插班進了高二。數理化跟不上，國文和英文卻都讀得很好。補校學生程度普遍不如正規學校，津晶的國文、英文每次都考全校第一。可是功課這樣出色，津晶還是沒能拿到高中文憑，因為就在最後一學年，她的學業「贊助人」胖哥在酒家「辦公」的時候，中風倒下了。

平時胖哥錢賺得不少，可是花起來大手大腳，積蓄有限。人不能上班，就沒有收入。他們的房子是租的，一個月不付，房東就要趕人。那個時候臺灣沒有醫療保險，開門七件事要花錢，生了病更要花大錢。這個小家很快就坐吃山空。胖哥有朋友聽說過津晶「英文好」，就介紹她去天母洋人家庭當住家女傭，掙錢貼補。胖哥急救後保住性命苟活下來，卻已經口齒不清、半身不遂，為了長期照護，朋友幫忙送進郊區的療養院。房子退租節省開支，津晶把返還的押金、手頭變賣所剩的一點生活費，連同報社的退職金一併預繳了兩年的住院費，自己淨身而出，感覺對胖哥仁至義盡，含淚而去。至此空有一紙婚書卻沒登記戶口的老夫少妻一拍兩散。

胖哥原來只做臨時打算的家果然沒能長久，津晶的二婚只維持了三年。

三　珍妮

「君君，居居，」女主人噘著嘴學了兩下就放棄了，「你沒有英文名字嗎？你想要一個英文名字嗎？——叫珍妮好不好，小名是『珍』，我覺得跟你真正的名字很接近。你看怎樣？——就這麼定了！」

看起來年過不惑，其實還不到四十歲的洋東家夫妻倆都在美軍顧問團上班，先生是上士，太太是國防部聘雇人員，雖然是平民身分，名片拿出來是「亞洲安全專家」，職務比丈夫繁忙，地位也更重要，三天兩頭要去琉球、日本、韓國和東南亞各個美軍基地出差，常常不在家。

先生的上下班時間看來很固定，可是即使晚上不出去，也都找了朋友到家裡喝酒玩樂，偶爾夜不歸營，陽明山腳下偌大的一套平頂洋房就只有津晶一個人和條大狗同住；留守大屋，到了夜裡風聲呼呼吹動樹梢讓津晶很害怕，狗跟她親，她就讓狗睡在她的腳頭做伴。

洋人夫妻見面行接吻禮，津晶以為他們很恩愛。可是幾個月後的一個夜半時分，主臥房裡男吼女叫，東西摔得乒乓一片，動靜大到睡在廚房這半邊的津晶都被驚醒。她原來沒想管閒事，後來聽見鬧得像要出人命，才悄悄起身開條門縫偷窺，卻看見女主人拿了行李獨自開車離去，兩夫婦就這樣在津晶的眼前分了居。可是次日男主人如常吃了津晶做的早餐後出門上班，好像什麼事也沒有。不過從此以後，津晶的東家就從一對夫婦變成了一個單身男人。

太太給津晶起了英文名字以後從來沒有叫過。也不知道是哪裡的方言，還是就是英語，洋婆子管津晶叫「阿麻」還是「阿媽」。津晶覺得那是「老媽子」的意思，很不喜歡，幸好先生願意叫她「珍妮」。

「珍妮，噢，珍妮！」男主人熱情地呼喊芳名。

「法羅先生！」津晶回應。

「叫我馬克，」馬克喘息甫定，對著津晶雙唇深情一吻，溫柔地說：「珍妮，我愛你！你是我的天使！你救了我！」他翻下身去，點了一支香菸給津晶，自己再另燃一支，轉臉向著津晶問道：「珍妮，我夠好嗎？我讓你快樂了嗎？」

津晶說：「你很好！」忽然想起最近學會的英語「好」字「比較最高級」，又加上一句：「你是最好的！你是真男人！」

馬克滿意了，卻又狠狠啐了一口道：「母狗居然敢說是我的問題！她才應該去看醫生！你知道我最不能忍受的是什麼嗎？就是她一個死老百姓來我們隊上指手畫腳上保密安全課。她懂個屁！別人不知道她的底細，我可知道那淫婦就是個人盡可夫一路睡上去的牛皮王！」

津晶的英語沒有靈光到可以和洋情人聊天，可是猜也猜得到於公於私都強勢的老婆讓丈夫在臥房裡威風不起來，以致夫妻失和；久曠的丈夫這也才被年輕女管家散發出的異國風情和青春氣息所吸引，讓津晶睡進了主臥房。

在津晶眼裡，面型瘦削，頂著一頭稻草色短髮，體格過於健壯的洋鬼子馬克並不是一個英俊的男人。外國男人的粗糙皮膚，過盛毛髮，濃厚體臭，讓津晶抱在懷裡感覺像抱家裡那隻拉布拉多犬——厚實、安全卻無法激動起她的情緒。可是一開始馬克到傭人房裡找她的時候，事後打賞用的都是二十元面額的美鈔，那個含糊的綠色照亮了津晶的眼睛，讓她誠心誠意地用有限的英語替受挫的男人打氣加油。即使在酒家的日子不長，津晶到底是在風塵裡打過滾的，比良家婦女懂得取悅男人。在威而鋼，或偉哥，那種藥還沒發明的年代，馬克找到了屬於他的靈丹妙藥；他覺得自己再也離不開這個叫珍妮的亞洲女人了。

原來洋人也愛傳是非，馬克和老婆一離婚，旋和不會說幾句英語的本地女傭搞七捻三瞞不了人，天母美軍社區裡傳得沸沸揚揚，馬克的長官和同僚都在背後訕笑。

可是洋人職業不分貴賤，談情敢做敢當。馬克不畏流言，愛得高調。津晶反正不是外派洋人社交圈裡的，聽不到閒話，即使聽到了也聽不太懂。她的生活改變不大，只是從傭人房搬到了主人房。

其實津晶成為女主人以後，並沒有更開心，因為她雖然付出同樣的服務，馬克卻不付薪水和小費了。洋男人不給主婦固定家用，按他們的規矩，日常用度，包括女人「買花戴」的開銷，據實「申報」也就是了。當時美金和臺幣官價交換匯率是一兌四十，黑市的行情更高；中學教員一個月薪水換算不到五十元美金，美國大兵比國民政府不貪污的官員還闊綽。津晶傍了個洋闊佬，可是連買菜都要請款，感覺猶如空入寶山。

然而馬克很有誠意，津晶一懷孕，他就求婚；還一面打報告申請結婚，一面請調回美。他說不能在落後地區成家，他要回去「偉大的亞美利堅」（Great America）生養孩子。在那個臺灣戒嚴的鎖國時代，出國是特權，一般百姓哪敢妄想？

津晶才聽到馬克說要娶她，帶她去美國，就迫不及待地點頭：「I do! I do!」，一邊流下了三嫁得覓佳婿的喜悅之淚。

四 津

前面一塊開放的小草坪，後面一個木籬笆圍起來的小院子，三房兩浴的平房在臺北天母是讓人羨慕的「洋房」，建在美墨邊界軍事重鎮的「愛爾怕索」，卻顯得如此不起眼。社區整齊卻單調，一排排建材普通，像餅乾模子倒印出來的小房子櫛比鱗次，和不遠處軍事基地用來當辦公室的活動房屋看起來像難兄難弟，毫無建築之美。

津晶麻利地把九歲的女兒和七歲的兒子安頓上車，準備載去學校。一個挺著啤酒肚，灰白頭髮如亂草的男人忽地從屋裡衝出來，對著車子大叫：「賤貨！你今天就不要回來！」

已經把汽車開下車道的津晶斜眼看看後照鏡，忽地猛然向後一倒，搖下車窗，對著男人喊道：「嘿，酒鬼！馬克，對，叫你呢，」等男人望向她這邊時立刻伸出中指，一邊比畫一邊粗野地罵道：「操你的臉！」

然後油門一踩，把已經蒼老頹廢得變了形的馬克留在身後跳腳罵街。

除了馬克，這兒的人都喊她入境文件上的名字「津」。東方女人不顯老，已經三十五歲，兩個孩子的媽，津晶看起來還像二十五歲，五十不到的馬克卻完全是個糟老頭了。

除了洋人不禁老的先天因素，馬克菸酒過度，加上失業經年，心情不好，也加速了外貌的老化。照說職業軍人保家衛國，哪怕退下來公家也應有照顧，不至如此狼狽，可是美國是徹底的資本主義社會，軍隊也像企業一樣，要面對好時機和歹時機，個人如果不懂理財規劃，替「下雨天」做好準備，只盲目相信「老闆」承諾，那就要有好運氣了。

當年馬克攜眷返國，年輕的外國妻子感覺自己被帶到了天堂，把會賺錢、會開車、會說英語的丈夫當成救世主般崇拜，雖然夫尊妻卑，關係不對等，津晶也心甘情願地為良人生下一兒一女，克服種種困難，努力維繫異國婚姻。馬克達到服役二十年期限，相對他的階級正屆退休年齡，就自願退伍，轉為一年一聘的特約人員。

小地方的人心思單純，沒有想過軍隊賴以繁榮的越戰會有打完的一天。如果見機得早，從反戰團體支持的尼克森選上總統就應該有所警覺。可是馬克只覺得聘雇制的文職工作穩定，不再隨時被調動單位搬家，有利小孩就學，而且退伍軍人有優利房屋貸款，既然已經是四口之家，就拿出所有積蓄做頭期款，在離工作地點近便，靠著駐軍繁榮的城這頭買了房，圓了移民妻子的美國夢。

一九七三年夏天，前一年在美國國會被否決的提案（Case-Church Amendment）：「停止美軍在越南、寮國、和柬埔寨境內從事軍事活動」敗部復活，美國軍方自越戰開打以來的榮景就開始倒數計時了。單位縮編當然先裁外圍人員，基地雇用合同年底到期的特約僱員，包括馬克在內，一律不獲續聘。

節日來到，夫妻如常帶著兒女去選購聖誕樹，可是心中沒底，欠著車貸房貸，馬克看著嗷嗷待哺的一家子，不知道過了新年以後要怎麼辦？

一籌莫展的馬克從除夕夜開始借酒澆愁，幾天以後醉眼迷離地拉著結婚六年，可是英語還是不夠靈光到交心的妻子，難得地用商量的口氣說：「珍妮，我們把房子賣了吧?!」

從來不被丈夫徵詢意見的津晶首次得以參贊家中大事，破碎而堅定地說：「我能工作。這我的家！房子我的夢！」文法有瑕疵，可是丈夫被說服了。

「都是你這個笨蛋！兩年前是你說不要賣房子，好了，現在想賣也賣不掉了！」馬克把所有的錯都怪到津晶頭上。隨著越戰結束，軍費削減，基地裁員，愛爾怕索房產大幅跌價，屋主紛紛拋售。有公職的如果被調離，還有損失津貼，可以削價脫手，像他們這樣的，依照市場行情即使賣掉，連付給房產仲介的佣金還要另外從自己口袋裡拿出來，可是如果不繼續付貸款利息，就等著被銀行掃地出門，如果繼續付，房價持續下跌，白花花的銀子又統統丟進水裡，簡直兩頭不到岸。

「你不養老婆、小孩，你算什麼男人？」津晶把從前用中文罵第一任丈夫的話翻譯成英語罵馬克。

兩年來，她在城裡的中餐廳打工，從帶位小姐、女招待，一路升到了領班，還兼任大廚的情婦增加收入。丈夫失業以後，她感覺自己獨力撐著這個家，馬克拿了救濟金去買酒喝，她越想越恨，可是英語詞彙有限，說不出更惡毒的話，只能哭喊著白描：「我買食物！我餵小孩，我餵你！酒鬼！笨蛋！我恨你！我要和你離婚！」

房子便宜賣了，孩子歸媽媽，馬克孑然一身離開，不知所終。津晶正式嫁給了有老婆在廣州老家沒出來的大廚，收了一點聘金幫第四任丈夫辦綠卡，算是互惠。大廚的手藝很好，原來因為沒有身分才窩在德州邊界小城不得志。這下不但有了居留權，還有個相對會說英語的老婆，就決定去大城市一展宏圖；一家四口奔向丈夫有老鄉引路接應的大城芝加哥。

隨著年齡的增長，婚姻機動性降低，津晶和同一個男人的緣分越來越長。她和老廣大廚雖然感情「厤厤」（粵語：馬馬虎虎），可是寄居天涯，相濡以沫，這段婚姻維持了十五年。與馬克所出的兩個混血兒女和母親、繼父不親密，相繼早早離家獨立，就年節通個電話，彼此告知現況。和現任丈夫生的一個女兒十三歲了，讀書一般，品性還乖，至少沒給大人添亂。夫妻和人合夥開的中菜館，生意一直不錯，兩人都在店裡支薪，分掌內外場，到了年底還能分紅利。

津晶為了安定忍耐著生活，本已打算就和老廣丈夫天長地久，共赴白首。哪知丈夫卻在大陸文革結束後數次返鄉，和為他守節撫養五個兒女的元配重逢，回來就對津晶提出「假離婚」之請。他說老太婆和已經出嫁的女兒還則罷了，他一定要把兩個兒子全家都接到美國來共享天倫。

津晶這回一滴眼淚都沒掉，痛快地告訴丈夫不用假離婚：「夫妻一場，我就成全你！」

大廚丈夫很感激，雖然是半路夫妻，畢竟一起共過患難，他沒文化卻有良心，慚愧耽誤了女人青春，害二婚妻年紀半百失婚，他想自己一身好本領，兒子們來了衣缽有傳人不說，還兒孫滿堂，老有所終，生養死葬都有著落，晚景一片光明；分財產的時候就沒太計較，自己搬出去，住房留給兩母女，只要津晶放棄餐館股權，還答應按月給付贍養費和兩人女兒教育費用，直到女兒大學畢業或者出嫁。

津晶順理成章地從她早已厭倦的餐館生涯和婚姻生活中同時「退休」，人生首次自立門戶，雖然還是靠前夫贍養，可是感覺竟像自食其力的獨立女性一般自在。

她在沒有男人的家裡打開電視，看見新聞節目裡一個年輕男子站在一排四輛坦克車前面，坦克車向左，男人就向左一步，坦克車向右，男人就向右一步，她想起一句小時候讀過的成語「螳臂擋車」。以前和廚子丈夫兩人忙生意和小孩，即使有時間坐下來看看電視，也都只看租來的港臺連續劇影碟。津晶一下子覺得天地開闊了起來；奔忙了一生，現在才有空坐下來想想前塵往事和何去何從？

她想暑假過後她要接送升初中的女兒，自己也許可以去旁邊的成人學校讀英文。這是她生平第一次不忙著找「下家」。那時天氣剛才入暑，她想：不急，不急，起碼今年要悠著過，好好享受單身的樂趣。她一點不煩惱年華老大，反而感覺自己像一隻破殼而出的雛鳥，正準備開始展翅高飛，探索世界。當然彼時包括津晶在內，世界上沒人料想得到，那一年後來發生了許多大事；再過幾個月，連柏林圍牆都被推倒了。

二〇一三年一月十五日　定稿
二〇一五年三月九日　改錯別字

小樓寒

打扮好了的舜菲被女兒獨留廳中，自己戴上墨鏡，倏忽之間不言不動，成了一尊泥塑木雕的擺設。家裡人都不曉得，此刻在基隆這座造船廠員工宿舍樓裡坐的只是行屍走肉，舜菲的精神已經飄洋過海，回到了天津的花園小樓裡。迎面含笑向她走過來的是西裝革履的興邦，粉妝玉琢的一雙兒女坐在樓梯上，隔著欄杆向下俯看穿著體面的父母親準備出門。

隨著臺北越建越多的高樓，殯儀館也立體發展；都市裡的亡靈和活人一起進了大廈。

禮儀大樓入口處豎立著一座大型電視看板，紅紅藍藍的閃光字幕，跟機場航班起飛訊息般表列著往生者的靈位，設在第幾層幾座，來弔唁的人先擠在螢屏前像看榜一樣，查找過世親友的名字和「住址」後再定行止。

韓津晶緊跟在同母異父弟弟曹光耀身後，並沒在螢屏前駐足；一前一後，曲線閃過大廳人潮，走向藏身在後廳的電梯間，逕自登樓。

集體靈堂的走廊像街邊停滿違規車輛的擁擠臺北巷道，兩旁密密麻麻地坐著配合開館時間，自備小椅子來摩登守靈的家屬；有的面容哀戚，更多的卻是表情木然地看著人進人出。

雖說媽媽是兩個人的，津晶長年旅居國外，母親生前死後一切都靠在臺灣的光耀張羅操辦。做娘的送進殯儀館這都幾天了，奔喪的女兒才趕到。

光耀領著津晶走到母親牌位前，供桌邊上抽出幾支香點燃，遞給津晶，自己對著母親的相片一躬身，哽咽道：「媽，姊姊從美國趕回來看你了。」

邊上的閒人聽說，都轉頭打量美國來人；卻只見一個身材高瘦的洋氣老婦，黑T恤搭配海軍藍窄腳管牛仔褲，足登美式西部短靴，花白的俐落短髮上推著副墨鏡，臉上雖然薄施脂粉，卻沒有刻意掩蓋歲月的風霜，顧盼之間比一般臺灣尊稱為「歐巴桑」的街市大媽來得氣場強大，以在地用語來說可謂「眼神很殺」，完全不像牌位上，相片中母親面容的線條柔和，眼神朦朧，唇角似乎還微微鉤起，似笑非笑，帶著一抹讓人猜不透心思的神祕。

在自己早為人母的津晶記憶中，媽媽始終是一個女兒再困難，也不能依靠的冷漠女人。生父早逝，津晶跟著媽媽改嫁到曹家，自己十八歲又初嫁離家，再就鮮少回娘家省親。離開臺灣到美國以後，幾十年來遠隔重洋，加上包括經濟在內的各種條件都不允許，母女更是難得一會。竟不知母親老後相貌何時起的變化？津晶若非心中還有幾絲喪母的哀戚之情，只感覺遺照中面貌慈祥的母親是個全然陌生的老太太。

「媽這張相片照得好。」津晶揩拭了因為自傷身世而濕潤了的眼角，閒問弟弟：「你照的？」

弟弟說：「療養院裡的人照的。他們說那天她特別清楚，自己跟人說要拍照，還化了妝。我看看就選了這張。」

「媽從前天天都化妝的。」津晶忽然記起遺忘已久的前塵往事；小時候她賴在妝台前看媽媽梳妝，自己也吵著要塗脂抹粉。媽媽給她兩邊頰上各抹一點胭脂，嘴上擦上唇膏，遞過一面長柄圓鏡讓她左顧右盼，母女嘻嘻笑笑；原來她和媽媽也曾經當過尋常母女呀。

津晶自覺冷酷得像銅牆鐵壁一般的心裡，湧上一股溫情，眼淚幾要奪眶而出。她的聲音變得溫柔而感傷，垂眉輕語道：「我們媽天天都化妝，就像別人家的媽媽天天要洗臉那樣。」

弟弟點了點頭，拿出面紙，本想遞給姊姊先用，看看好像還用不上，就自己抽了張擤鼻涕、拭淚。他跟津晶喊叔叔的自己父親曹福亨一樣，並不多話。福亨長期照料精神分裂的妻子給了兒子最好的身教；福亨等到自己也老病，體力不濟後，就把他們的母親安置在離家不遠的療養院裡，每週固定探望三次。父親過世後，交由兒子接棒，十幾年沒有間斷；也像早起要洗把臉一樣，成了根本不必想就做的習慣。

「你像你爸爸。」津晶跟光耀說。見弟弟瞟了自己一眼，趕緊補上一句，說：

「我不像我們媽。」

「像還是有點像。」光耀說，聲音裡帶上了孺慕之情，「媽媽也一直看起來年輕。」光耀雖比津晶小了十來歲，算算也是奔六十的人了。歲數差得多，又不是一個父親所出，姊姊離家早，長大後手足並不親密。要不是十幾、二十年前光耀的獨生女去美國留學找上大姑媽，姊弟之間可能就失聯了。

津晶牽牽嘴角，並無怪罪之意地說：「還年輕？我都幾歲了？真是的！」她插上香，雙手合十再度暗祝之後歎口氣，說：「沒想到我們媽媽那樣的身體能活到這個歲數，都靠你孝順。」

光耀不敢居功，說：「是我爸爸照顧得好。要不是怕我們不會照顧，他也不會在自己最後的日子裡到處替媽媽找地方去。」

「你說的對。」津晶點點頭，沒有因為個人好惡而抹煞繼父的功勞，「不過她們金家的基因也好，大家都看起來年輕又長壽。真是，聰明也好，糊塗也好，反正金家的人都長命。」

「走了吧?!」「走了！」公用靈堂不宜久留，二人數度致意默哀後，幾乎同時表達去意。

室外陽光耀眼，津晶舉手把頭髮上的墨鏡推下到鼻樑。光耀看著她又說：「你像媽媽，」他是個堅持的人；他想起母親以前哪怕坐在家裡也常戴著一副那個時代被認為前衛，街上都很少人戴的墨鏡，「她老說她眼睛怕光。」

「我眼睛不怕光，我怕太陽加深我的魚尾紋，眉毛旁邊長出更多的老人斑。」離開了不得不肅穆的殯儀館，原本就不太悲傷的津晶輕鬆地微笑了，說：「我和她一點都不像，我長得像我爸。我們媽是千金小姐。一個天上，一個地下，如果她是嬌貴的鮮花，我就是雜草。」

*

一九四九年到臺灣的外省女人大多宣稱自己在老家是嬌貴的鮮花，卻都實不可考，可是姊弟倆的媽媽金舜菲雖然很少張揚，倒真是個系出名門，如假包換的千金小姐。

舜菲是滬上紳士金八爺的第五個女兒。金八爺先後娶了三房妻子，從民國元年起的二十年之間，接力替他養活了七女兩男。舜菲大排行第六，跟三房所出長男，金家九個兒女中行五的安政同年出生，連月份都前後相連。

舜菲的媽媽是「城裡太太」，嫁進金家的時候元配還在，卻並沒有給鄉下那位見過禮，而且等身體不好的大太太一死，金家依照下聘時填房的承諾，舜菲媽媽就成了名實相副的八奶奶。

八奶奶娘家雖不比金家是祖上有頂戴的名門，可是在滬土生土長，占了上海開埠百年的地利，是本地殷實人家的小姐。沿海重商，風氣開通的商人家裡，女子照樣讀書識字，學打算盤。八奶奶是能幹人，嫁到金家以後一直當家，很有威嚴，可是入門連生四女，無後為大，也只好忍氣吞聲，讓同年先養了兒子的外室進門，正式磕頭拜見，讓丈夫公然娶了姨太太；親生第四個女兒舜菲的出生就是讓八奶奶暗吞苦果，吃了敗仗的關鍵。

在生男比賽上敗下陣來的八奶奶忍辱負重，從長計議。為了鞏固地位，使出手段家中上下拉攏，甚至冒險培訓大房留下來的繼女舜華幫著管家，以便自己勻開身子養胎。種種努力沒有白費，八奶奶到了舜菲的妹妹舜蒂都滿五歲，丈夫等閒不進她院子的絕望時刻居然盼來了么兒安勤。老蚌生珠傳為佳話，親戚之間議論紛紛，穿鑿附會，什麼故事都編了出來。有一說是舜菲妹妹，六丫頭，舜蒂的名字起得好，「舜蒂」、「順弟」，這不才順來了個弟弟？

輿論造時勢，時勢造英雄，雖然只是仗了弟弟的勢，和舜菲共奶媽的舜蒂，從小就比姊姊得人疼。

舜菲作為家中長期被忽視的女兒，早早養成了多疑不群的脾氣，不像其他姊妹拉幫結派，各跟家人、姊妹、親戚、僕人之中還有哪個最知心相好，舜菲在家沒有同黨，在外也沒有手帕交，到哪裡、做什麼都是孤軍，身處大家庭複雜環境，難免感覺自己處處吃虧。

表面看來不爭不搶，舜菲其實一肚子自憐自艾，越長大性子越是落落寡歡，一點小事就把自己關在房裡垂淚歎息。這脾氣照說應該是個林黛玉，可是舜菲才貌普通；金家七仙女之中，最時髦、最漂亮、最聰明、最能幹、最有才華、甚至最十三點的形容詞，全都輪不到她，如果非要安個把形容詞在舜菲身上，除了孤僻之外，大概就只有「最一般」了。

雖然是世家千金，舜菲自知長相平凡，氣質、風度也並不出眾。除此之外，讓她自卑的還有學歷。姊妹中除了比她大十歲的大房大姊在鄉下長大，耽誤了學業，其他三個姊姊都讀書升學，只有舜菲中學還沒畢業就碰上日本侵華。她上的外國人辦的學校，早在太平洋戰爭全面爆發之前，就因上海租界補給不易，成為孤島，放起不知何時復課的戰爭假。

外面世界打仗，金家孩子在家無聊，也學著大人串親戚、邀朋友、湊牌搭子，跳舞、打麻將、在家裡開派對，排遣時光。戰爭一打經年，家裡小孩就在牌桌旁邊長大。本來幾個大點的坐下來正好一桌，打著打著，輸了就板面孔，牌技又不如人的舜菲那一腳，就被比她小兩歲的舜蒂給取代了。

「不在裡面跟他們打麻將？」一個年輕男子走出客廳，看見先他一步獨站廊下，發著呆的舜菲，客氣地搭起訕來。

舜菲無來由地臉上發燙，本來想說人家嫌她打得慢，都不喜歡跟她打，結果只是默默地搖了搖頭。

「我也不會玩牌，」男子誤會了，含笑道：「他們講邊上看看就學得會，可我感覺看人打，死沒勁！」舜菲聽他口音不正，滬語帶著濃重的北方腔。斯斯文文一個人，卻用詞粗俗，可笑得讓她偷著樂了起來，就唇角帶笑地輕輕點了點頭。男子看她端莊文靜，卻友善可親，心中頓生好感，不顧唐突地問道：「他們這下打上了不曉得要打多久，我想走了。你走否？」

舜菲這下真的笑了，用國語俏皮地回應道：「只怕我想走也走不了。」說完她的臉倏地紅到了耳根，低下頭輕聲解釋：「這是我家。今天過生日的是我三姊。」

「啊呀！」客人忙不迭地為失禮致歉，又盛讚她國語講得一點南音沒有，簡直像北方人。舜菲又羞又喜，雖然不大好意思直視來人，眼角餘光也看見對方態度誠懇。偶爾眼神交會，男子晶光閃動的雙眸更像有電流襲向舜菲的少女心房，一下就將舜菲對陌生人的提防之心掃除乾淨，竟和頭次見面的年輕男人攀談起來。

兩人聊著忘了時間。花園裡天色漸暗，屋內早已掌燈，忽然自鳴鐘響起，正好打牌的搬風，看牌的小憩，一片亂哄哄聲中，有傭人來喊開飯，請大家入席。舜菲至此，也已經聽完名叫韓興邦的斯文客人報完家門，陳述了目前生活狀況，甚至抒發了將來志向。

興邦出生河北耕讀之家，老家在京津之間，自己從小離家求學，個性獨立成熟，小學和初中在北平住校，高中在天津就讀，三年多前才到上海考大學。不想日本侵華，家鄉淪陷，和家人斷了音訊，幸好盤纏未盡，生活不至於無著。他比舜菲大五歲，是金家一個親戚的大學同學，今年已是畢業班學生。

這天第一次跟著同學過來金府，他不會跳舞，什麼賭戲都不會玩，是品學兼優的好學生，在校兼任助教。他讀的知名國立大學，因為戰爭一分為二，名義上的正統已經在重慶復校，留在原地的教職員，不願校產被日本人和汪政府接收，找了洋人做人頭校長，改名掛了私立南洋大學的牌子。後來重慶方面答應支援的辦學經費不繼，全體師生苦苦支撐。像興邦這樣的高年級生，根本就在老師家裡上課。

興邦辛辛苦苦讀了四年，到頭來文憑拿不拿得到都不知道。國內遍地烽火，畢業以後去哪裡發展事業，報效國家？甚至自己還有沒有家鄉可以回去？能不能再見到父母？在在都是苦惱。他替姓金的同學補課，人家借親戚生日派對邀他一起出來散散心，打打牙祭，他到場未久卻感覺無聊，還沒吃飯就想抽身，不意竟與舜菲廊下相遇。說是談得投機，不如說是找到了一個願意傾聽的知音，他和舜菲講講談談，一個下午晃眼而過。

興邦當天晚上為這緣分興奮難眠，披衣而起，鼓勇寫了封長信給舜菲表達自己心情的激動和對佳人的傾慕。

舜菲才情有限，收到信讀了又讀，撕碎了一刀紙，也沒能回成信；心中正是焦慮萬分，深怕打擊了男方的追求之意時，興邦又來了第二封信、第三封信。一封比一封詞意纏綿，情深愛厚。

舜菲把一封封情書翻來覆去地讀，字字句句爛熟於胸，早把一面之緣當成認識了一輩子；雖然她除了天天等信到幾近茶飯不思，實際行動上卻無所作為，只感覺自己已經回答了千言萬語，而心上那人都該知道。

然而興邦從何知道？苦等回信不得，他也失望傷心，情緒低落。想想人家上海千金小姐，哪裡就看得上他一個前途未卜的外地人？

正好遷到大後方的校本部成立了興邦嚮往的造船專業科系，他的恩師應了重慶方面的聘書，決心不在淪陷區苟活，要全家冒險西進。恩師帶著家中老弱婦孺逃難，一路需要青壯照應，他視興邦如子，知道造船報國是興邦的志向，雖然流亡大後方路途險阻，還是邀了得意門生去當助教。興邦正感覺前途茫茫，得到這個機會，趕快整理情緒，拋開兒女私情，積極準備西行。

可是無論興邦怎樣忙碌，只要有一點閒情，伊人倩影就會浮上心頭，讓他十分困擾。他想大丈夫頂天立地，即使人家看不上他，自己這一方做人做事都應該有個交代，決定寫最後一封信給舜菲訣別，大意說：高攀不起，就此別過，即將離滬，再無相見之期。今後一心報國，遙祝佳人事事如意。

興邦寄走了信，感覺總算把這段還沒真正開始的感情做了了結，心下漸安。沒有想到就在出發前夕，舜菲卻自己找上門來了。

興邦和同學合租一個亭子間，室友看見來了女客識相地避了出去。興邦手忙腳亂地挪開雜物讓坐，慌著奔進奔出找房東借爐火張羅茶水。好不容易定下神來，才說了幾句無關痛癢的應酬話，舜菲就忽然悲從中來，開始啜泣，斷斷續續只有一句話聽得清楚：「……你好狠的心……」

興邦讓舜菲哭得手足無措，心中悽楚，雖怕房東聽見誤會，可是想到離別在即，自己也流下淚來。鼓勇走上前去，緊緊地握住舜菲的手，說：「如果時局不是現在這個樣子，哪怕明知配不上，我也會追求到底，可是我要走了，只怕是一定要辜負你的。」

舜菲溫柔而堅定地打斷他道：「你去哪裡我都跟你走！」她在心中給他寫過無數封不存在的信，盡述相思，早已經把他當成自己的男人，說什麼都不感覺害羞。

興邦雖然吃驚，心中的感激和愛憐卻壓倒了一切理智，尤其他和親人因為戰爭阻斷，漂流他鄉，時時感覺孤苦無依，竟然有意中人來到他的陋室，說要隨他去到天涯海角。他激動地把舜菲一攬入懷，眼角流下欣慰的淚水，覺得自己是那個得到富貴千金以身相許的貧窮書生，他說出了自己的感激之情：「我要一輩子照顧你，對你好。天涯海角，我們永不分離！」

＊

「你說我們永不分離的呀！」舜菲對著興邦和兒子的遺照哭斷了肝腸。旁邊的人全都同情地望著驟聞噩耗的孤女寡母歎氣。

代表船公司的幾個同事也都離鄉背井，剛從四面八方來到臺灣，與才被確定證實在船難中喪生的韓興邦生前並不熟稔，說是代表同仁來致意，除了「節哀順變」一類的八股詞兒，也說不出其他安慰的話語了。

來慰問的同事中只有曹福亨和喪家一樣來自上海，不過興邦從天津調回上海的時間不長，福亨在工廠的時候多，跟一直坐辦公室的興邦連熟人都算不上。福亨單身，讓人感覺沒有家庭責任，時間自由，同事婚喪喜慶要人充數的時候，總是被拉公差當公司代表。這回不意遺孀是同鄉，上海人看重同聲同氣，舜菲聽見福亨說話的口音就對牢他用家鄉話傾訴，旁邊的幾個同事一下都成了閒人。

福亨最後只好讓其他人先走，自己留了下來。娘兒倆的房東原來聽說女房客同時死了丈夫和兒子，跟前跟後地就怕寡婦人家想不開，看見一群外省人來慰問，其中還有人留下，雖然語言不通，也至感欣慰地上前拍拍福亨的肩，誠懇地道：「少年哎，你留低這，阮才放心。」

福亨也不知怎麼就聽懂了房東的閩南語，慎重地點頭回應：「是呀，有我在就放心吧！」就這樣，他接下了照看舜菲母女的重擔。

舜菲精神時好時壞，好的時候也知道母女落難，應該謝謝同鄉的照顧，會出去買點小菜，留福亨吃頓家常便飯。精神不好的時候就倒在床上哭一天，小孩也不管。福亨宿舍離得不遠，每天下班都先過來看看小津晶那天有沒有飯吃。

星期六公司裡上半天班，福亨過中午就來了。舜菲那天特別不對勁，自顧自時而流淚，時而口中念念有詞，紅腫的眼睛茫然望向天際，完全罔顧哭倒在腳邊的九歲津晶。

福亨歎口氣，把津晶抱起，跟小女孩打起商量：「叔叔帶你出去吃飯，好不好？」津晶乖巧地把頭伏倒在福亨肩頭，還在抽噎的小小鼻息噴在他耳後，有點癢嗖嗖，福亨沒有閃避。

房間小，男人腳大步寬，才邁出兩步就到了門邊，福亨轉過身來問舜菲：「要給你帶點什麼？」

舜菲看著福亨，疑惑地問：「儂啥人？」

福亨吃了一驚，指著津晶問她：「伊啥人？」

舜菲眉頭一皺，不耐地說：「津晶呀。」也不再追問其他，生氣地把頭轉了開去，不再搭理二人。

福亨對精神疾病一無所知，完全不曉得先期症候出現的嚴重性，只是當下有些驚疑不定，胡亂道：「你晚上又睡不好？看買點藥你吃吃吧。」一邊熟門熟路地走了出去。

雖然都和苦主家庭在原鄉沒有老交情，原先公司裡也還有幾個特別有同情心的同事，會跟著福亨來韓家幫幫手，可是家鄉兵荒馬亂，又不幸發生船難，船公司在臺灣和上海兩邊都遭挨告求償，自身難保，薪水都發不出來了。員工人心惶惶，人人忙著自尋出路，誰來理會別人家的悲劇？

最糟糕的是遺孀老不振作，簡直是爛泥敷不上牆，幫她還怕自己沾到手上惹麻煩，逐漸把人家的熱心腸都澆熄了。不到一個月，熱心群眾紛紛打了退堂鼓，只有福亨依舊隔一兩天就來探訪；也許是因為住得近，也許因為他一個單身漢無牽無掛。

福亭自己覺得他只是同情娘兒倆的遭遇；都是上海人流落在臺灣；時局亂糟糟，也不知道什麼時候能回去？船公司的投資人為了船難，官司纏身，別說員工眷屬，員工也顧不上了。福亭想到小津晶，如果這個時候他也撒手，叫孤兒寡母怎麼辦？

「真可憐吆！那莫你叫伊安狀？」老房東看見母女伶仃，無依無靠；顧不上跟福亭雞同鴨講，熱心地替淪落他鄉的兩個唐山客做起媒來：「你莫某、伊莫尪……」

老人說：男無妻，女無夫，亂世之中相遇就是有緣。「聽阮老大人苦勸一句……」他勸福亭：兩家併作一家可以節省開銷，不妨湊合：「暫時欸啦……」

福亭是浦東農家子弟，讀過幾年私塾，和後媽不好相處，經人介紹到日本人的車間學徒。不像其他夥伴出師就成親，然後一生守著老婆和熱被窩，餘生再無大志。福亭出師後沒回鄉下，他文化不高，沒有什麼漢賊不兩立的顧忌，仗著技術好招進了日資工廠，自己還一面工作一面上了夜間技術學校。

日本投降後，福亭雖然在淪陷時期替日本人打過工，一個學徒黑手，倒是渺小得沒有受到牽連。反而因為抗戰勝利，各處復工，有經驗的技術工人成了香餑餑。

福亨剛才二十歲就被招進造船廠當熟練技工。後來有民間集資成立的船公司在臺灣開辦分公司，看得懂日文說明書的福亨又被挖角，派駐基隆，成為技術幕僚，藍領工人成了半個白領。

雖然派調到了個邊陲小島，能坐進辦公室吹電扇，還是著實讓福亨高興了幾天，哪知辦公的那張椅子還沒坐熱，家鄉局勢丕變，他就回不了上海了。

福亨長得老相，外表看不出來年齡，其實他比民國十一年出生的舜菲小了五歲也許都不止。雖是鄉下孩子，親生媽死得早，後媽沒虐待已是萬幸。所謂有後娘就有後爹，福亨親爹隨著後媽對他冷冷淡淡，不管不顧。從他出來做學徒的以前和以後，家裡都沒替他操過心。福亨自己眼界也高，離開老家到城裡學藝前大人沒有替他訂親，出師自立後他自己也沒看上過誰，轉眼就蹉跎到了小二十五歲。雖說滯留異鄉，可是頭婚就娶比自己大得多，又帶個孩子的寡婦，哪怕說起來對方是城裡人，身分尊貴，福亨自己心裡還是彆扭。

然而那時的臺灣對外省單身漢而言是求偶的困難時期，本地人輕易不把女兒嫁給底細不清的外鄉人，外省女人又很少不是隨軍眷屬，適婚年齡的外省小姐成了珍貴的稀缺資源。福亨這個年紀要是在家鄉，小孩都幾個了，他再不往這些事情上想，也開始嚮往有自己的家庭。而且，要不要和舜菲走下去的這個大問號裡，暗藏著一個津晶。

福亨喜歡津晶，津晶也喜歡福亨；相差十五歲的兩人牽著手走在街上，福亨心裡沒有多少父愛，更感覺像是領著個心愛的小妹妹。一大一小常在一起，種種互動，替福亨無聊的生活製造了樂趣。有時福亨在公司裡上班，手上閒下來都會突然想到小女孩可愛的模樣和話語，就會盤算下了班過去看看，替母女捎上點什麼吃的、用的？

最後卻不是因為津晶；而是船公司的倒閉，成了粉碎福亨娶年長寡婦心防的最後一擊。

雖然船公司要倒的傳言滿天飛，福亨見識有限，也不管眾說紛紜，自己偏沒料到偌大一間公司收得如此倉皇。他原來住著的單身宿舍是公司資產，也被債權人申請貼了法院封條。

福亨提著行李沒有去處，心中失了主意。機靈熱心的老房東卻告訴舜菲，母女報答「恩人」的時候到了。

老房東幫忙在母女床前拉了一條長布幕，把一間房隔成內外二室，酌量加收了點水電費，讓福亨在算做起居室的這半邊開了個鋪。老房東好人不白做，年輕力壯的福亨在他眼中可比無依母女更有交房租的潛力，降低了有天要他昧著良心驅趕可憐外省房客的風險。

老房東沒有看走眼，福亨有技術傍身，果然沒失業太久，順利考進了公家的造船廠，捧上了鐵飯碗。只是這回沒辦公椅坐了，他重操舊業，回頭當了「黑手」。

大陸難民湧入，臺灣各地來不及地建設，毀田造房。造船廠雖然也如火如荼地加蓋宿舍，可是僧多粥少，從上到下按職位分配住房，工人階級一時還輪不到。所幸事業單位比普通公務機關有錢，分不到宿舍的，廠裡加發房租津貼，有家眷的還能多得。福亨在舜菲屋裡住都住下了，哪怕出身懸殊，心裡放不下各種不般配，可是福亨身為上海人，又實在想不出有什麼理由，非要放棄唾手可得的那份眷屬津貼？

結這門親倒是沒人問過舜菲怎麼想的，反正知道的人莫不覺得此時此地，娘兒倆要活下去，真沒有比嫁給福亨更好的辦法了。老房東代表男方提親時，雖然言語不大通，還是先盡責地詳述了兩造聯姻的種種好處。舜菲從頭到尾沒說話，眼睛直勾勾的只看著津品。老房東察言觀色，拍著胸脯掛保證：「其他的不敢講，輕睬誰人也看得出，伊這個人絕對莫苛待你的女兒。」

再婚後的舜菲雖然還是少有笑容，可是家裡多了個有償勞動力，母女基本生活得到保障，現實煩惱驟減，她的精神狀態明顯進步，多數時間也都能承擔起一個妻子和主婦的責任。雖然還是時有怔忡，人家就當她「累了」；只要不去理會，讓舜菲自己發發呆，看來休息足了，人彷彿也會復原。反正不發燒，沒喊痛，就從沒人想到舜菲這個情形該請醫生看看。

兩大一小，三個異鄉人在臺灣北邊基隆港安家落戶。和上海一起失落的前半生逐漸遠去。難中重組的小家，重新找到了生活的節奏；福亨和舜菲母女的小世界隨著韓戰爆發後臺海對峙大勢成形，也逐漸步入常軌。

日出而作、日落而息。男有分女有歸。幼吾幼以及人之幼。

津晶從街坊國民小學轉到了造船廠子弟附屬學校讀四年級。

福亨一早上班的時候把津晶帶出去上學，下了班再把津晶和當日小菜一起帶回家。

萍水相逢，異鄉結緣的夫妻之間，缺少共同的興趣和話題，連對家鄉的回憶都隔著一條黃浦江，各自記得自己成長的浦東和浦西。

在城鄉兩個完全不同的世界裡生活和長大，福亨面對亦妻亦姊，臺灣本地叫「某大姊」的舜菲，感覺人家哪怕坐著發怔的時候，好像也比他個學徒出身的鄉下孩子有見識。福亨和老婆在一起壓力很大，平日相處要不無話可說，要不各說各話。遠不及他和小津晶在一起來得自由自在，有講有笑。

不過夫妻到底是夫妻，哪怕白天站著時是兩條不交集的平行線，等到夜深人靜，布簾之後，躺平在大床上的姊弟戀卻也炙熱得燒壞人。

福亨初嘗人事，難免投入，舜菲也到了虎狼之年。她發現夜間釋放激情有助清空大腦，起碼可以暫時麻痹她對亡夫不能停止的思念。哪怕船難悲劇已經過去兩三年了，失去摯親摯愛的傷痛始終一如當日。舜菲每次散步走到海邊眺望，就恨不得追隨丈夫兒子，逐波而去，可是看到身邊牽手仰望自己的女兒，不但苟活下來，還為生活琵琶別抱。巨大的痛苦吞噬著她的心，她不作踐自己的身體何以排遣無盡的悲懷？

夜幕低垂，她在簾後，撕碎文明的偽裝，回到乾坤的初始，罔顧禮教，主動癡纏，到了雙人同登極樂，舜菲發自肺腑地哭喊出聲，聽來竟如被困在陷阱裡的垂死之獸一般淒厲。

津晶和福亨調了床位，獨自睡在廳中開的鋪上；夜半被內室動靜驚醒，雖然不明就裡，小小年紀就已經歷過失去父兄之痛的小女孩，還是會為母親的性命安危擔心飲泣。可是巨大的恐懼讓她不敢妄動，只能把幼小身軀緊緊蜷曲縮到更小，再閉緊雙眼，努力屏息，期盼騷動過去。

要到聽見大人下床，母親拖出白天收藏床下當作夜壺使用的痰盂，揭蓋坐上的聲音和氣味後，不應會失眠的小女孩才漸漸安下心來，神智也瞬間轉為迷糊，重新進入夢鄉。

簾後女人坐上馬桶的尷尬時刻，水乳交融的美好戛然而止，生活回復到飲食男女的平庸。福亨起床擦拭汗津津的身體，一面掀起亞熱帶海島上四季都讓人感覺鬱悶的布簾，走到外間散散熱，順便倒杯水喝。

大床邊的微弱夜燈反射出布簾後的女體，一舉一動都被放大成了模糊的影戲。福亨皺著眉，手上端著喝剩的半杯水，眼睛看見的陋室一切，都像伴他成長的粗俗家常，感覺剛才與貴婦人的恩愛莫非虛幻？

經過津晶的小床邊，他駐足俯看。不過一兩分鐘工夫，津晶已再度進入深深夢鄉。好像確知危機已逝，小女孩安然熟睡，四肢開展，面容祥和，猶如天使一般。

福亨躬身替津晶掖掖被，掠掠她的髮絲，心中頓生的憐愛驅離了斗室中所有的惡俗之氣。他沒有多想，彎腰輕輕在天使額上一吻。津晶長長的睫毛隨之抖動了一下。

媽媽平安。津晶抿了抿嘴角。小小紅唇輕嘟，不設防地翻了個身。

津晶發現自己夢魘成真的時候，已經上了省立初中，一家人也搬進了員工宿舍。

之前津晶小學時代的夢，就曾經幾度清晰得讓她感覺不可能是假的，可是哪怕如此真實，她總是晚了那麼一秒鐘才醒過來，始終未能確定。

從四年級開始，她就老覺得有人在親吻她的額角。六年級的時候，她甚至清楚地感覺到有兩片冰涼的嘴唇壓在她的唇上，驚醒時雖然沒看到人，唇上卻留著涼涼的，水的痕跡。她因此很不喜歡睡在起居室裡，過道上的床讓她老是覺得夜裡有人在她身旁走動，甚至停留。

居室簡陋，家務無聊，男人上班，小孩上學後，舜菲常散步到海邊去透透氣。有時津晶下課得早，就陪著媽媽出去走走。舜菲多數時候都是心事重重，步履沉重，忽視了為她作伴的女兒。難得一次兩次，母女也聊上幾句。津晶最喜歡媽媽講她們在天津的家，她在那個房子裡住到快七歲才隨同家人搬去上海。她記得那座美麗花園裡的小洋樓，記得父母親房裡有一張好大好大的銅柱大床；在那個漂亮的小樓裡，她有屬於自己的房間。她總請求媽媽一再描述回憶中那個家裡的各種細節。津晶好怕時間過去太久，她會忘了那美好的一切。

津晶和媽媽、繼父苦等公司分配員工宿舍超過三年才終於如願。不過也沒白等，因為他們家正好添了丁，多了光耀，有兒有女的家庭，得以分配到面積較大的單位。到了可以搬家的時候，沒人留戀和老房東一家的感情，全家就迫不及待地離開了多一天都不想住的蝸居。

搬到新家後的津晶真的有了自己的小房間。雖然窄小，卻有房門阻隔了外面的聲響。正在發育的津晶不再夜半驚醒，可以一覺睡到天亮了。

然而那扇能掩不能鎖的門功效其實有限，雖然它一時的確有助房裡的津晶安眠。時間過去，此消彼長；那扇隔斷密閉空間裡外的門，在安了房裡津晶的心之後不久，漸漸也壯了夜半總是徘徊在門口的惡膽。

再次夜半掙扎驚醒時，津晶正夢到叔叔帶她看過的日本怪談電影裡章魚模樣的怪獸，以觸鬚緊纏著她胸前初綻的少女蓓蕾，痛得她哭喊出聲，可是眼睛和嘴巴卻被魘住了張不開。她感覺整個臉都被怪獸的吸盤包覆。怪獸的舌頭發出滋滋的聲音，像要吞噬她的靈魂。吸盤裡分泌出又像涼水，又像唾沫的噁心汁液，沾染了她的面龐。

福亨立刻發現壓在身下的津晶醒了。最先鬆開的是他無意間捏得太用力的手指，隨著自己受驚的情緒，福亨的身子也本能地向後一彈，臉朝上揚。接著津晶眼睛猛力一睜，兩人四目相對！

津晶蠕動嘴唇，未語淚先流。靜默不到一秒，未等福亨回神，津晶尖聲高叫起來：「姆媽——！救命呀！姆媽——！」

出了月子以後，新生兒還是夜夜啼哭讓舜菲不得安寧，她平日身心就不大健康，產後更見虛弱。舜菲感覺自己每天都要打起十二萬分的精神，才能勉強混過極平常的一日。

這晚難得和毛頭相擁睡熟，迷糊中卻聽見女兒呼喊救命。舜菲還在掙扎著想醒過來，津晶的尖叫卻先驚動了熟睡在母親身邊的嬰兒。小毛頭大哭起來。舜菲只好一面半睡半醒地解襟哺乳，一面閉著眼睛隔門呼喚福亨去看端倪。

福亨心性聰明現實，也簡單直接，既然第一個閃進腦海的念頭是自救，天良就不及冒出已遭泯滅。他迅速從慚愧慌亂中鎮定下來，津晶的狂叫讓他心中魔性陡升，就在黑暗之中用眼神狠狠鎖住他向魔鬼獻出的祭品，自己緩緩起身，單手往後推，讓門開一縫，眼睛不動，盯住津晶做出無言的威嚇，單把頭側往舜菲房間方向喊道：「津晶做夢呢！」

他用眼睛對津晶說：「叫吧，沒人會信你的！」一邊緩慢而陰沉地退出小房間，從容地帶上了門。

＊

「關掉！不要講啦！」舜菲臉色難看，厲聲要投訴繼父惡行的女兒立刻閉嘴。

津晶不依，哭著說：「好久了，我好小他就開始這樣，我一直以為是自己做夢……」

「做了不要面孔的夢還哇啦哇啦！」舜菲像跟平輩吵架那樣，凶惡地打斷津晶，「自己不要面孔，還拉一家門下水！你到處哇啦哇啦，我們都陪你不要做人了好吧！」

津晶被罵傻了，嘴半張著卻發不出聲音來。她原來只道自己受了欺負，至於損失的是什麼還不大明白。讓她媽媽一罵總算清楚了，原來她在睡夢中被繼父襲胸親嘴，損失的是「臉」！而且如果張揚求助，更是做出拖累全家的醜事，讓大家不能做人！

媽媽不相信她，不替她出頭，氣憤的津晶只能用小女孩自己的方式報復。她開始躲著福亨，特意早起，不讓福亨騎車載她，自己走路去上學，下了課留校自習，不讓「仇人」接她送她。一回家就躲在房裡，不跟「仇人」講話。

事情過去好多天了。一開始，福亨心裡尚存的幾絲道德感還讓他慚愧害怕、坐立難安；他也想過向津晶陪不是，求她原諒。可是他更怕把事情鬧大，不知道以後怎麼收場。

福亨雖然是個大人，受限於自身修養，並沒有自省的能力和習慣，無法自剖為什麼會做出這樣的醜事，只知四下搜尋替罪羊，為自己找開脫。他和津晶兩人之間有了這樣一個大祕密，福亨心裡漸漸把津晶當作罪行的共犯。他想：她憑什麼裝得沒事一樣？難道做錯事的沒有她！

津晶的冷淡激怒了福亨，沖淡了他的歉疚。福亨拚命想著自己有多少冤枉：舜菲自從懷孕以來，就不跟他做夫妻了。天地良心！這樣乾熬著，天天走過津晶的房門，他也沒有動過津晶的歪腦筋。誰知道這才第一次溜進津晶房裡就被發現了！

那個夜裡他原來只是想去看津晶有沒有踢被子的。後來，後來他看見她的胸前隆起……

戰火阻斷了歸鄉路，福亨來到臺灣娶了個年紀大自己那麼多的寡婦，讓他失去了少年愛慕少女的權利和機會。他想知道觸摸少女的感覺。只是好奇，無意冒犯。不對，不是冒犯，他對津晶是真心喜歡的！

福亨忽然覺得自己娶舜菲，其實是因為愛津晶，才心甘情願照顧她們母女。可是津晶這個沒有良心的丫頭，不曉得人家為她做的所有犧牲，還把他當成仇人一樣。福亨心中怨苦失落，宛如失戀，漸漸由愛生恨。

「你看津晶小人對大人啥個腔調？」福亨背後挑撥舜菲母女感情，順帶發洩對津晶的不滿：「哼！我講她長大了翅膀硬了，以後你就看她對我恩將仇報！」

舜菲抱著剛請人起了大名叫「曹光耀」的幼兒，心裡老想到在船難中失蹤，一去不回的津晶哥哥，憂心忡忡地自言自語：「這個名字長命的哦？我這個兒子不會死的哦？」

「瞎七搭八！」福亨怒道，「有你這樣咒自己親生兒子的娘嗎？」

舜菲沒聽見丈夫的質問。她的思緒最近時常飄忽。女兒把家醜吵開後，舜菲其實心下不無疑惑，可是她選擇了相信提供母女庇護的福亨。解不開的新添矛盾，讓舜菲原本稍有起色的衰弱精神再度陷入困境。

客中不比老家，不像以往產後有專人侍候坐月子，奶媽帶孩子，產婦自己可以好好休養。雖然不是第一胎，卻是頭次舜菲生下孩子來要自己餵養。哪怕現在的這個鄉下人丈夫什麼都會做，也包攬了家務，舜菲還是感覺身心俱疲。每當她的腦子不堪負荷時，她的思緒就會更加飄飄忽忽，開始說話答非所問。失序的思緒飄著飄著，一旦鑽進個牛角尖，還會自動切斷跟外界的溝通和聯繫，讓種種混亂的憂思卡在一個沒有出路的小尖角裡，膨脹，膨脹，直到充塞了她整個腦袋，就感覺隨時都會爆炸！

舜菲忽然把抱在手裡的嬰兒重重放下，哭喊著說：「拿走拿走！我帶不好孩子！我對不起他。拿走拿走！」

福亨一把搶抱起被母親大動作嚇哭了的兒子，駭聲道：「你腦袋壞掉了吧！拿走去哪裡？你是他娘你不歡喜他，誰歡喜？」他搖晃著身子，安撫嬰兒，對看似稍微平靜下來，卻仍頹坐流淚的妻子，少少感覺有愧的心裡一軟，放緩語氣道：「你帶孩子辛苦，我曉得的，這都多少天你沒好好睡一覺了。真的，我要有奶餵他，我馬上帶他走！以後改吃奶粉好了吧？弟弟搬到津晶房裡去過夜，你晚上也可以睡個好覺，少發點神經。」

雖然正是貪睡的年紀，那夜被驚擾之後，津晶再度變得淺眠，非常容易驚醒。承擔了半夜起來泡奶粉換尿布這些事情沒有帶給她困擾，反而因為房裡多了個弟弟帶給她安全感，津晶坦然接受了成為家中小保母的命運。

小學是模範生的津晶，上初中成了灰姑娘，功課漸漸落下了。上課也老打瞌睡。原來喜歡她的老師們都對她的退步表示不解和失望，上課的時候，把津晶跟其他壞學生歸成一類。津晶感覺自己像渣子，被從老師眼睛裡過濾了出去一樣。只有從初一就開始教她們班美術的路老師還是喜歡她，上課的時候對她微笑，走到她的座位旁邊，握著她的手教她畫畫，說她有天賦，懂得欣賞美。

學校裡失去了溫暖，家中和繼父無言的冷戰持續經年。津晶感覺很寂寞，心理和行為都開始反叛；能不待在家裡，就一定野出去。即使在家，她也藉口照顧弟弟，情願獨自吃剩菜也不跟大人同桌吃飯。

回敬津晶的態度，惱羞成怒的福亨收回了所有的關愛，報以加倍的冷淡。

舜菲對家裡的氣氛或有所覺，可是她只要一往下想就頭痛，越想集中思緒，思緒越浮散，像雲霧化開成了水氣，讓她腦中一片迷茫。有時候她感覺好點，還能勉強壓制內心煩鬱，機械化地盡力對付日常生活。心裡實在亂得不行了，她也只好丟開幼兒，躺在床上或哭或睡。

舜菲的家常日子過得越來越力不從心，有天福亨下班回家看到屋裡鍋涼灶冷，已經會走路的兒子把茶几上的東西掃得一地，坐在客廳中哭叫喊餓。舜菲則充耳不聞，彷彿病倒在床，連爬起來的力氣都消失了。

福亨請假帶老婆去廠裡附屬的保健室看醫生。沒看出什麼名堂，讓交錢打了一針保肝，再開了點維他命帶回去安慰安慰。醫師只說要病人少操心、多休息、多運動，以後應該會好。末了加一句：「如果情形有變化，你就帶她到省立醫院，掛個精神科檢查一下也可以。」

回到家來，福亨把舜菲安頓躺下，叫住兩年沒有好好說過話的繼女：「喂，你媽媽這個病要多休息。家裡什麼不要用錢？買小菜吃要錢，買藥吃也要錢。我是一家之主我要出去上班賺錢的。」

福亨讓已經在升學班裡的津晶轉學到夜間部。他自己天天加班賺加班費。家裡的買汏燒，看護媽媽，照顧弟弟，所有的家務都丟給了十五歲的津晶。

舜菲遵醫囑，每天去海邊散步。回來後常戴著墨鏡不摘下，坐客廳裡發呆。

「津晶，留聲機開大點聲。」舜菲忽然微笑著對正在廚房淘米煮飯的女兒說，「這是我最喜歡的曲子。」

津晶哪懂病人開始幻聽，只詫異道：「什麼留聲機？」一面擦乾了手，走到母親身邊問：「你說隔壁在開收音機嗎？」

舜菲變臉道：「鄉屋人連留聲機都不曉得！」

津晶委屈道：「就沒有啊，媽你是聽錯了還是怎樣？」

來去幾回後，舜菲忽然怒火中燒，情緒狂暴起來，站起來劈頭劈臉就是幾個巴掌打向女兒，口中一面喊叫：「有沒有？有沒有？什麼沒有！你騙誰？明明就有！」

地上一旁自己玩著的光耀大哭起來，舜菲把頭一回，目光狠狠盯向兒子。津晶顧不得自己臉上火辣辣的痛，奔過去雙手才護住弟弟，媽媽已經操了飯桌上的一把長柄湯勺敲了下來。津晶手上、頭上挨了幾下狠的，額上打出來的包都隆得老高了，才找到空隙抱著弟弟奪門逃出呼救。

宿舍鄰居都是熟識的同廠員工眷屬，婆婆媽媽聞聲而至。舜菲雖然被無名怒火燒到暫失心智，看來還是知道要顧臉面。只見她躲在自己家裡並不追出，眼睛骨碌從裡面看門口聚集的群眾，隔著紗門也聽得到她大聲自問自答，盡說些別人聽不懂的話。

鄰居自動分了工，有把兩孩子帶回家去安置的，有去路口店鋪借電話叫男主人趕快回來處理的，還有幾個留守在曹家門口看情況。

舜菲留在廳中與門外的人對峙，露出困獸一般的目光，等到福亨進門趕緊投訴道：「他們把我們家小人搶走了。」

福亨已經聽說了事件始末，又驚又氣道：「你就發神經吧。走！走！我們去掛精神科。」

根據專科醫師診斷，舜菲的病屬於亞型精神分裂症。病人缺乏病史，只能認定為初發，根據發病描述，症狀介於緊張型和紊亂型之間，偏紊亂，要定期複診、持續觀察才能確診。醫生開了藥，要家裡人盡量不要刺激病人，就讓福亨領著回去了。

福亨和津晶早已不面對面談話，有辦交代必要時，只好找還不懂事的光耀寄語。

「可憐呀，我們父子家門不幸——」鬧了一天，福亨等妻子服藥安神就寢後，在小廳裡拉著四歲兒子大聲歎氣，哭道：「我也不懂你媽媽這算個什麼病，你還這麼小，我就怕她是瘋了，以後還能不能好啊？醫生也不說清楚，只說要按時吃藥，多休息，別惹她生氣，每個禮拜帶去看，我看醫院就是想賺鈔票啊！」

看見津晶留了神，他真切而哀傷地喊著兒子的小名，說：「小子光啊，明天我帶你去托兒所，求人家收你，你就早點去上學吧。家裡和媽媽就交給姊姊了。我上班賺錢能不去嗎？該帶你媽媽上醫院的時候，我只好請假啊，這個家難道就靠我一個人嗎？」

遭逢家難，福亨和津晶既然在一條船上，再彼此憎厭，也只能擱置仇恨，同心協力的把日子過下去。

雖然沒有充分準備，天資不錯的津晶初中畢業後，還是如願考上了省中夜間部。上榜學生返校謝師的時候，進了省中日間部的同學和老師們有講有笑，津晶遭受了冷落，謝師茶話會沒結束，她就提早離席。美術老師路楠趕出來恭喜她上了省中，說：「怎麼提早走了？」

津晶鼻子一酸，哽咽道：「我又不是考日間部，人家也不知道夜間部就是我的第一志願！」

路楠驚訝道：「你為什麼不考日間部呢？」

津晶流下淚來，拿路老師遞過來的手帕一邊拭淚，一邊自述身世，師生就在校園僻靜處聊到津晶必須要回家做飯的時刻，才依依作別。路老師摸著津晶的頭髮說：「你有困難就來找我。心情不好也可以來找我。」

要照老人的說法，舜菲這算「文瘋」，不發病的時候看來好好的。即使發作，只要旁邊的人不要故意對著來，忤逆她，或者硬要講通什麼道理，她也多半不會狂躁。比較麻煩的是一旦舜菲出現幻覺以及妄想，她並不圍繞同一個主題，而是隨機且不連續的；這種時候以正常人的思考邏輯很難跟她對答，可是不理睬又怕惹她生氣。幸好舜菲多數時候都只安靜發呆，或者輕輕地和些看不見的人訴衷腸，沉浸在她時空隨時都在交錯變換的自我世界裡。

她常戴著墨鏡外出散步歸來後，靜靜坐在廳中，並不摘下，直到掌燈時分，問走到她身旁開燈的人：「天亮了嗎？」

有時她眼睛裡閃著光，換上出客的旗袍，坐在鏡前仔細描眉抹粉。打扮完畢以後，問津晶：「媽媽好看嗎？」

「好看的。」津晶說。

「來，我幫你畫眉毛，」舜菲像少女對小姊妹那樣，和女兒玩起打扮的遊戲，把幾樣化妝品一一試用，「這個口紅你擦擦。」她拿出梳子替女兒梳頭，取笑津晶的高中女生制式馬桶蓋髮型：「這個頭髮誰替你剪的，嘎難看！」

津晶樂在其中，好像回到了小時候；一時半會也忘了母親和人家姆媽是不一樣的了。

忽然舜菲看看腕錶，道：「等下我跟爸爸出去看戲，你和阿哥在屋裡廂不要調皮啊。」

津晶從雲端上跌了下來，強忍心酸道：「不調皮。」

她洗去臉上脂粉，背起書包，說：「我去學校了。叔叔接弟弟馬上就回來了。就這麼一下，你一個人行的啊？」津晶把大門內外都上好鎖，含著淚眼離去。

照顧有病的媽媽，津晶感覺實際生活上並不吃力，可是心裡的負擔卻讓她承受不了。她的困難同學們哪裡能懂？沒有閨友知交，她常在上下夜校前，繞個道去找能了解她的路老師訴訴苦。

打扮好了的舜菲被女兒獨留廳中，自己戴上墨鏡，倏忽之間不言不動，成了一尊泥塑木雕的擺設。家裡人都不曉得，此刻在基隆這座造船廠員工宿舍樓裡坐的只是行屍走肉，舜菲的精神已經飄洋過海，回到了天津的花園小樓裡。迎面含笑向她走過來的是西裝革履的興邦，粉妝玉琢的一雙兒女坐在樓梯上，隔著欄杆向下俯看穿著體面的父母親準備出門。

舜菲別無選擇地困在來到臺灣的這個軀殼裡，過著下里巴人的難民生活，清醒的時間越來越少。女兒津晶結婚離婚多少次，從臺灣到美國，跟哪個丈夫為她添了幾個外孫，一生的大小事，母親都沒參與，也沒有表示過關心。舜菲的二婚丈夫福亨也許終究心有愧疚，對神智經常不清的妻子，始終沒有離棄。不但好好把兒子光耀拉拔長大，臨終還囑咐要盡心照顧媽媽。

福亨過世的時候，光耀依照父親遺命，辦完喪事後才通知姊姊。人在美國的津晶拿著電話許久沒有出聲。悠長的歲月化解了一切恩怨，十八歲離家以來，她為生存所做的掙扎，早已遠遠超過當年小女孩想從夢魘中醒來的掙扎。津晶不想像媽媽那樣活在過去，既然走了出來，她很少再去想從前，連當年四口融融的天津家中，那座她曾經深怕遺忘的花園小樓，也早已不再追憶。

津晶在電話裡簡單地要家人節哀，翌日買了張弔唁卡片，盡自己的能力附上一張支票寄去，謝謝弟弟願意繼續照顧母親。

舜菲被福亨送進療養院時已經七十多歲了，頭腦不清卻行動自如，每天花很長的時間拾掇自己，打扮得清清爽爽，可能因為已與現世完全脫節了，老人臉上的微笑竟像少女一樣無憂。

「曹奶奶，看我這邊一下唷！」護理人員定期替病患拍照，「再照一張。等下你兒子來了拿給他看哦。」

舜菲並不感覺人家是在叫她，漫不經心地朝聲音傳來的方向一掃，旋即收回眼神。自顧自雙眼一抬，對著窗外極目遠眺，眼神迷離，也不知今夕何夕？自己身在何方？

從散步就能走到海邊，住了幾十年的老樓房搬進療養院後，沒有福亨照顧陪伴的舜菲不再出去走動，每天只坐在窗前向遠處看。療養院裡公用的照護工有限，像她這樣不找麻煩的病人，沒有人跟著，起居頗為自由。她走的那天也沒人曉得她在躺椅上昏迷了多久，只知救護車送到旁邊醫院急診室時已然沒了氣息。

其實在救護員推著擔架床急奔時，輸氧後的舜菲也曾經眼皮微張，彷彿看見旁邊景物飛逝，自身騰雲而過。糊塗了大半生，直到呼出最後一口氣時，舜菲腦中紊亂的思緒仍然沒有歸位，生平雖然也如走馬燈般閃過腦海，離鄉後下半生才結緣的福亨、光耀父子，和發病後以再嫁之法安置了的女兒，甚至少年驟逝的愛子都一一浮現，卻無一幕清晰；終於最後強光閃動，出現熟悉的花徑通往那幢小樓，裡面一影綽綽，舜菲輕輕吐氣，安祥閉上雙眼。看不看得清楚都無所謂了，她只有點埋怨，興邦怎麼讓她等了這麼這麼久，才來接引她漂泊的魂靈？

二〇一四年四月二十八日 初稿完成
二〇一四年四月三十日 定稿
二〇一五年三月九日 改錯字

歧路

舜菁騎馬的時候喜著男裝，她原本就蓄短髮，有時怕風吹亂，上點髮油往後一梳，再套上馬褲長靴，英氣逼人，活像個假小子。汶祺北人南相，個頭兒不高，卻欣賞長腿女郎；看慣了跳舞廳裡穿著合身旗袍，襟上別著小手絹，扭扭捏捏的女人，跟大方爽朗，沒有小兒女態的舜菁相處，倒也覺得耳目一新。

無為在歧路，兒女共沾巾——王勃

「金阿姨哦，對不起啦，沒辦法耶！我們公司有規定的啦。哎呦你看我啦，該叫金奶奶齁！」臺灣男導遊看起來五大三粗，說起話來含羞帶笑，語助贅詞絕不嫌多，哦呀、啦呀地對著面前兩位旅遊團客人一再賠不是。可儘管口氣委婉，話也說得客氣，卻毫無商量的餘地：「不好意思喲，那裡不順路，我們車子趕時間噢。」

導遊這算一口拒絕了個別團員要求被載到「馬場町紀念公園」下車的請求；眼看旅客一臉不情願，也並沒有打算放棄的樣子，不待對方再開口，又苦起臉說：「哎呀，講真的啦，士林夜市比較好玩啦，你們說的我也知道，在青年公園那邊，可是不是景點哦，我們臺灣人自己都不去，真的沒什麼好看的啦。除非你有一定理由非去不可，你們願意告訴我，我也好幫你們想想辦法……」

「不幫忙就講不幫忙嘛。我看過地圖的，有什麼不順路的？臺灣夜市到處一個樣，讓你講得有多少好？」年屆耳順的男團員皺起眉頭對導遊打了幾句官腔。轉臉朝向老婦人，用家鄉方言恭敬地道：「二孃孃，自己打個出租走一趟一樣的。」

導遊帶的這個環島旅遊團是乘商務艙、住五星級酒店的高價團，標榜服務一流，把客人當成上帝。照理應該是有求必應。可是除了旅行社有保險問題不容大巴士隨意改動路線，導遊更怕團員脫隊不歸。臺灣那時剛剛開放對大陸團體觀光，原先強迫百姓「反共」了一甲子的官方，轉過頭來「恐共」：一面想賺人民幣，一面祭出嚴厲罰則，不但不准散客自由行，還責成旅行社保證接待的觀光客「團進團出」。雖說這一團看來都是有頭有臉的豪客，不大可能有人脫隊留在臺灣打黑工，可萬一人走丟了一、兩個，主管單位記點、扣分、罰款的計較起來，旅行社和導遊還是要吃不了兜著走。

然而看見兩位客人如此堅持要去一個連本地人都不屑一顧的冷門地點，導遊被激起了好奇心。沉吟一下，決定發揮臺灣人素被推崇的熱情服務精神，提出了個解決之道：「這樣啦，青年公園那邊雖然明天不順路，其實離我們今天晚上住的旅館不遠，而且明天我們行程很輕鬆哦，早上很晚才出發，如果兩位明天六點半可以起得來，早餐給他隨便吃一下。那我！」導遊拍拍胸脯，誇張地做出個「阿殺力」（豪爽）的表情：「我，小關，開車陪你們過去那邊跑一趟。雖然時間不多，至少可以在牌子前面照張相啦。不然金奶奶一直說她參加我們這團，好不容易來一次臺灣就是為了去那裡，最後沒有給她去到，啊換做我也是會不甘心的啦。」

次日三人如約在大堂碰頭，七點不到就一起登上了導遊的自駕小車離開旅館。健談的導遊愛交朋友，碰上誰都能聊，平日的嗜好就是東拉西扯，挖掘身邊八卦。打從接機起就和團員猛攀交情，有時盤問仔細得像身家調查。偏這兩位氣度不凡，打從第一眼就讓他留了神的海派陸客卻總是擺出一副拒人於千里之外的樣子。

「金奶奶、金杯杯，你們叫我小關就好了，不用叫我關導啦。」小關第一次得到機會和兩位讓他特別感到興趣的貴客套近乎，說著說著原先有些刻意造作的臺灣腔也淡了，更忍不住賣弄起常識來：「你們在大陸聽說過臺灣的白色恐怖吧？一九五〇年到一九六〇年是高峰，也有人算到一九八七年解嚴。那個時候我們臺灣和大陸是敵對的哦，你們叫我們『蔣匪』，我們這邊叫你們『共匪』，哈哈，兩邊互相叫罵，也不想想這樣一罵大家就都成了『匪』。哈哈哈！」

看見乘客對自己耍的冷幽默沒反應，小關換了誠懇的聲音問道：「請問你們到底要去那裡做什麼呢？那個地方真的很冷門哦，不但沒有風景，還有人說那裡煞氣重，沒事最好別去。而且要是你們叫車去，我敢說計程車司機也不一定知道地方吶。我是我家剛好住在永和的堤防邊，每天從窗子裡看到河對岸，一直好奇那裡到底是怎樣的地方？才特別去查過。我幹這行的自己都沒有去過。今天終於去到，還是託了你們的福耶。」

聊沒幾句，掛著青年公園招牌的大片綠地在望，果真離旅館就幾分鐘的車程，公園旁邊還是個熱鬧的早市，一大早就已經人聲鼎沸。讓導遊台普叫成「杯杯」的金伯伯金時元難掩興奮地輕喊出聲：「到了！到了！」

掌著方向盤的小關篤定地說：「不是這裡啦。青年公園誰沒來過？要到河邊才是你們要去的馬場町紀念公園。我車子要轉過去，那邊應該有個洞可以鑽過堤防。」他不緊不慢地沿著綠地兜起圈子，一面繼續搭訕道：「你聽我口音這樣，其實我家是從大陸過來的。照臺灣說法，我算是外省人第三代哦。可不可以告訴我，你們為什麼一直要去馬場町呢？你們知不知道以前那裡是國民黨的刑場啊？從前白色恐怖的時候，很多人被當成『匪諜』抓起來，都是在馬場町河邊槍斃的吶。以前這裡有軍用機場，叫南機場，這一帶都是軍營，好像還有個馬場，所以叫馬場町。幾年前才搞了個這個紀念公園。平常沒有人來這種地方的啦。你看連我這種專業的都沒來過噢……」

「啊，你看我說的對不對！從這裡可以過去。」小關得意地打斷了自己；轉個彎繞過來，果真讓他找到了個邊上有箭頭指向目的地的水門，像打通了條短短的隧道一樣，車子穿過堤防開到了河邊。

天地在過了堤防的一瞬間忽然開闊；空曠的河岸讓被市中心擁擠樓房擋住的視線瞬間飛躍過新店溪，訪客正感眼前一亮，一個長滿青草，巨如小山的大土堆卻拔地而起，拱起在一片風景裡，恍如眼中之釘。

雖然離開了熟悉的旅遊行程，小關沒有忘記他的導遊身分，盡責地介紹道：「這裡就是馬場町紀念公園。你看我沒騙你們吧，真的什麼都沒有，是不是？」他暫停路旁，讓乘客下車，指向土堆叮嚀道：「我們時間不多哦，你們先下來自己走過去看看好嗎？我去那邊停好車就過來找你們。」

「孃孃，個嗒！」時元繞過土丘後喊金奶奶。

即使以入臺證上報低了的生日算來，金奶奶高齡也八十大幾了，可是她精神矍鑠，背不駝來腰不彎。聽喊立刻搶步上前。

「個嗒，」時元指著地上說：「有塊碑！」

金家姊妹由大姊起就瞞年齡，排行老二的金奶奶實際高壽已經九秩晉二。連日跟著旅行團趕行程沒有露過一絲疲態的老人此刻聽說有碑，忽然膝下一軟，老姪子急忙靠近伸手攙扶，她才勉強止住腳下踉蹌。

未待站穩，金奶奶急忙道：「念！念！」

「馬場町河濱公園紀念丘碑文：」老姪時元清清喉嚨，用近似浙普的腔調念了下去：「一九五〇年代為追求社會正義及政治改革之熱血志士，在戒嚴時期被逮捕，並在這馬場町土丘一帶槍決死亡。現為追思死者並紀念這歷史事蹟，特為保存馬場町刑場土丘，追悼千萬個在臺灣犧牲的英魂，並供後來者憑弔及瞻仰。中華民國八十九年八月二十六日。」

「民國八十九年？他們這個八十九年——，是二〇〇〇年。這石碑二〇〇〇年才立？沒有說埋了誰，是吧？」金奶奶的情緒漸漸平靜了下來。她說話字正腔圓，不但沒有時元的上海口音，還帶著點南下老幹部的京腔。她也像個首長般地微微頷首，對眼前所見做總結：「還給咱們的人都平反了，國民黨居然能承認他們當年殺的都是為了追求正義和改革的『熱血志士』。」

金奶奶看近不靈，只能遠眺的老眼掃向土丘上端狀如烽火臺的小小平頂，語氣激昂地續道：「你看！國民黨這邊還給造了個墓。不管有沒有名字，讓大家都曉得這裡埋著的是為了理想犧牲的無名英雄！」

停好車趕過來的小關聽見接腔道：「不是墓呦，那個時候槍斃的屍體很多，有家屬領回的領回去下葬，沒人領的都送去埋在六張犁那邊的亂葬崗裡啦。」向土丘一指，小關手舞足蹈，以充滿戲劇張力的聲音描述道：「這裡槍斃人以後，士兵拿土把血跡蓋一蓋，一直槍斃、一直拿土蓋，土墊高了，再槍斃、再蓋土、再墊高，最後堆出這座小山來了。不然你看這裡是河邊哦，地都是平的吶，哪會有這樣高起來的一塊呢？都是清理血跡墊的土，填出來一座山了耶！」

金奶奶沉重地舒了口氣，不再理睬多嘴導遊的瞎掰臭蓋，自顧自緩步向前幾步，對著石碑恭敬欠身，心裡一一默祝四妹和其他知道的赴難獄友，開始她這遲到了一生的悼念。

被帶走時一言未發，好整以暇先拿出梳子梳頭，經過她面前彷彿還對她抿了抿嘴角的難友叫「白雲」還是「白雪」？後來那個一路哭喊，被拖行時高聲叫著「媽媽救命！」的大學生是「文麗」還是「文玲」？

她們年輕的臉清楚浮現，名字怎麼一下就記不清了呢？

「唉！老了！」金奶奶歎息。

其實名字對老人而言，不過幾個符號；心裡永遠無法磨滅的，除了那些青春的面容，還有午夜縈迴耳中，讓她無法安睡，等到終於入睡，又每每讓她在清晨驚醒，當年總在拂曉時分響起的悲歌：

安息吧死難的同志，別再為祖國擔憂；
你流的血照亮著路，我們會繼續前走。
你是真值得驕傲，更使人惋惜悲傷。
冬天有淒涼的風，卻是春天的搖籃。
安息吧死難的同志，別再為祖國擔憂；
你流的血照亮著路，我們會繼續前走。

四妹舜蕙在自己被送到離島後才蒙難；那時他們還唱不唱這首歌替凌晨被帶走的獄友送行呢？金奶奶任憑思緒漫遊，一面無意識地，悶聲不成調，有字近無音，哼唱出縈繞在腦海裡的樂章。

過去種種都到眼前，故人個個音容宛在。金奶奶想：要自己這整代人都死絕了，當年那些忽然從身邊消失了的難友，才會隨著垂垂老矣的夥伴們完全離開這個人世啊！

「好多人的名字都忘了。有的是同志，有的不是。像你四孃孃，真冤枉！」金奶奶對走上前來並排站立的老姪時元感歎道，「國民黨、共產黨，都是中國人，臉上沒刻字，曉得誰是誰？你殺我、我殺你，自己中國人殺來殺去，那是個什麼世界？就是亂世啊！」

亂世裡一切失序，敵友難分，人在江湖也多有化名，即使是同志之間，也不見得知根識底，甚至有坐進大牢再驗明正身，「正法」之後還不知是錯殺了的冤案。將近半世紀之前，是不是也像今天這樣一個金秋送爽的清晨？金家四小姐舜蕙掛著被軍法官畫了個大叉的「金舜菁」名牌，綁赴刑場。是不是就在這裡？隨著溪畔的槍響，妹妹含冤代替姊姊倒臥在這個土堆之前。

舜蕙倒下的時候，金奶奶，當年的金二小姐，正牌的「金舜菁」，正以「金舜蕙」的身分被押送離島。對於妹妹代替自己被捕，最後還遭到槍決的悲劇直到出獄時都一無所知。

服完以偷渡入臺卻未能及時自首為主要判決理由的五年「輕刑」後，舜菁離開綠島時年紀已近半百。再履斯土，人事全非，臺灣不但未能如她所願的被「解放」，她眼中的邊陲小城反而在「美帝」的庇護下成了老蔣的「反攻大陸復興基地」；戒嚴令下的臺灣氣氛肅殺，她與組織完全失去聯繫，昔日同志生死未卜，密友也不知所終，當年的頭號敵人小蔣，已貴為中華民國的上將國防部長。

此時金舜菁在臺北，只是個剛從牢裡放出來的前科犯，眼前最急迫的問題不是如何報效黨，而是怎麼生活了。

雖說舜菁被捕前也知道金家姨太太所出的弟弟和妹妹都在臺灣，可是金家二房和三房素來不合，舜菁只怕說起家世是手足，翻起舊帳成仇人，哪敢投奔？幸好山窮水盡之前聯絡上了一位先她畢業的綠島「同學」，才找到人作保進了翻譯社任職；薪資雖然微薄，也還足以餬口，算是解了斷炊的燃眉之急。

她也趕緊搬出環境汙濁又不划算的日租小旅館，找了個比較長遠的落腳之處，再依律主動向管區警局報到。

自認學了教訓的國民黨退敗臺灣後，對百姓思想言行明訂管控流程，非常重視戶政，像舜菁這樣的自然登記在冊，方便管區員警隨時查訪。久而久之，在地分局裡幾個警察竟成了舜菁蝸居僅有的固定訪客。

這天舜菁回到房東違章建蓋在院裡分租給單身房客的小屋時，門口站了個沒穿制服的生面孔在等她。

「金舜蕙小姐？」臺灣這個民國已經不稱女士為「先生」。女人不分老幼，與喊小姐。

舜菁點頭答應，心裡不免狐疑：自己冒充舜蕙，背著點小案子，不致驚動便衣。這人是什麼來歷？

她把客人讓進一床一几的簡陋住處，打算出去公用廚房取水奉茶，來人胳膊一抬把她攔住，順手遞過一張名片。

「王專員，」舜菁看名片上印的單位和頭銜可比管區警察厲害得多，頓時提高警覺，就用怯懦的聲音道：「我現在是良民，我們這裡的警察常常來查戶口的，他們都認得我，曉得我的為人。」

王專員客氣地說自己只是單純來關心一下近況：「不要緊張，我們隨便聊聊。你在這裡還習慣？……對了，你有幾個姊姊？」來人盯著她的眼睛問。

「真正的親姊姊只有一個，我們是大家庭，同父異母的自然還有。不過不清楚大家現在都在哪裡，反正沒來往。」舜菁謹記自己金家「四妹」的身分，小心應對，「被你們關了這麼久，出來敢投靠誰？現在就是孤家寡人。」她傷感地歎息。

來人默默點頭，似乎流露同情之意。

舜菁察言觀色，覺得面前便衣人員看來資歷尚淺，應該不難唬弄。決定反守為攻，說著忽然面罩寒霜，語轉薄怒道：「又問我有幾個姊姊幹麼？冤枉被你們關了這麼多年，還有什麼沒查的呢？你告訴我，像我這樣讓家族蒙羞，關過放出來的，有什麼臉去找兄弟姊妹？還來問這些有意思嗎？麻煩你開門見山直接說明來意好吧？你要聽了答案不滿意，再要保安司令部把我抓起來問也可以啊！」

王專員果然被她破罐子破摔，豁出去撒潑的樣子震懾住了，趕緊安慰道：「我看過你的檔案，冤枉不敢說，不過你確實是受了你姊姊金舜菁一案的牽連。」

「不要提那個人了！」舜菁恨聲打斷來人，把門一推，示意送客：「為幾十年沒消息的姊姊，關五年還不夠嗎？」

王專員解釋道：「金小姐你別誤會，今天來是有你香港大姊的消息……」

既然不是避之唯恐不及的三房弟弟妹妹找她，舜菁慢慢鬆開了架著紗門準備逐客的手。

原來金家大小姐當年雖然晚婚，卻釣到了一隻金龜；多金的夫婿叫陸永棠，一九四九年以後定居香港，搖身一變成了臺灣當局亟欲爭取的港澳僑領。

陸永棠在上海變天前夕，舉家移居香港，他不相信共產黨，可是對國民黨也沒好感，哪怕太太娘家在兩岸都有親戚，兩邊政府也都願意籠絡在僑界有影響力的成功商人，他卻不為所動。等到大陸開始一波波的政治運動，鐵幕拉下和自由世界隔絕，陸永棠才終於接受國府邀請，下定決心回「祖國」考察投資環境。

陸家幾代華僑，親友長居海外，在尋親方面國民政府對他本人並無可效力之處，倒是他的夫人金蘭熹說自己在臺北只和三媽媽生的兒女有聯繫，其實另外還有幾個失散的二房妹妹聽說也在臺灣，機會難得，請相關單位幫忙找來見面。

舜菁冒名的老四「金舜蕙」有案底，找出來不費吹灰之力；只是需要爭取點時間做「勤前教育」，萬一人在綠島改造不夠徹底，遇上海外親戚大講當局壞話，那就不如不見。另一個老五金舜菲其實也找到了，住在基隆，可是任憑怎麼勸說，五小姐和家人都不願來臺北和姊姊團聚。至於已經伏法的「二小姐」，就只能等陸先生和夫人到了臺灣再做說明了。

經由公家牽線和大姊聯繫上，舜菁才首次直接聽說自己離家後父母家中發生的大小事，連舜蕙到臺灣以後的遭遇，也得到線索拼湊，輪廓逐漸浮現，最後更經由管道，讓金家姊妹看到了「匪諜金舜菁」行刑那天拍的「遺照」，證實四妹舜蕙的死訊。

除了內疚，舜菁更為以亡妹的身分繼續在臺灣待下去感到不安，再三央請姊夫作保，幫她盡快離開國民黨控制下的這個「險地」。

即使有僑領當靠山，當時國民黨治下的一般老百姓輕易不得出入國境，揹著案底的舜菁奔走經年，護照申請書上才蓋齊所需要的章子。

她在一九四六年奉派到臺灣，深入敵營二十年，不但一半以上的時間耗在逃亡，坐牢，躲藏，最後還要靠久違的娘家人，以一本代替她死難的妹妹「金舜蕙」名字的護照脫險。

感慨萬千的舜菁來到香港，卻發現國內的整肅運動已經鋪天蓋地而起，她雖再度死裡逃生，卻還是陷在報國無門的窘境裡。

大陸十年浩劫期間，社會失序；離開和對岸完全隔絕的臺灣，到了消息靈通的香港，舜菁不用找到同志打探，只要天天翻開報紙，就看見一條條驚天動地的新聞；光是那年六月到九月，沿著珠江流到香港的浮屍就高達六十具。報紙深怕消息不夠聳動輸給同業，圖文都揀殘缺不全、五花大綁，或者被斬去頭顱的屍體來描寫紅衛兵派系之間鬥爭的慘烈。鐵幕隔絕，香港記者採訪不到見證人，就發揮想像力，弄得看報像讀驚悚小說。

舜菁思之再三，決定不輕舉妄動，她選擇性地和組織保持失聯，繼續當她無依無靠的孤老太婆。

然而她在香港的姊妹畢竟不是臺北那些可以老死不相往還的親戚，慢說大姊夫婦對她有恩，六妹舜蒂跟她更是一母所出，可是姊妹們的人生志趣相差太多。香港小如彈丸，躲開熟人不容易，她只能盡量避免和富貴的姊妹往還。

「銅鈿沒額，派頭篤（大）來兮！」六小姐舜蒂講到二姊就發火，「請不到的呀！我今天跟她說，對篤姊夫都這樣，那叫不識抬舉，忘恩負義！」

舜菁聽到任何閒話都裝沒聽到。她自食其力，憑藉外語能力過關斬將，一把年紀過硬考進洋行當文員；混跡在中環腳步匆匆的人潮裡，做低眉順目的普通小市民。

直到文革結束，她得知自己的上線居然熬過改造，活著從勞改農場回到北京，還官復原職。舜菁也就通過各種渠道和組織重新取得聯繫，更費盡力氣恢復本名，以延安時期老革命家的姿態回歸祖國，更以愛國華僑和離休幹部的身分，得到了一個涉外單位的顧問之職。

到任的那天，年過六旬的舜菁老淚縱橫，心中萬分感念黨和組織，居然沒有想到自己的新職有可能再度沾了「僑領」親戚的光；中國人講風水輪流轉，現在輪到這個「祖國」改革開放，積極爭取海外資金了。

身為新官，舜菁自忖，哪怕半生無成，黨竟沒有忘記她！她慷慨激昂地對著辦公室裡負責打雜的大爺發表上任感言：「我人會變老，我報效黨的心永遠年輕！」

其實除了有個辦公室可以坐坐，舜菁這份閒差和老得退了休也差不太多；一天都有二十四小時要打發。

舜菁在同一個胡同裡的一頭一尾居住和上班，每天兩點一線，到哪都是看報喝茶打毛線張羅吃食，逐漸也就習慣了把自己的生活照顧好，一天過完就算完成那天的工作。

上午從胡同尾走到胡同頭，下午從胡同頭走回胡同尾，非官非民地，舜菁也算駐京十年。眼看著胡同裡一幢幢一九四九年那個點上，產權由私轉公的四合院，被拆掉改建成高樓，再由公轉私，賣出產權證，成了一個個新北京人的家。房地產的興盛帶動百業，新中國日漸富強，國慶節天安門前排排站著的大官都換了舜菁眼中的生面孔，算起來全是她參加革命以後的二代甚至三代人。

人心和社會的改變終於讓舜菁不能不服老了。老左派這才算掐熄了自己此生最後的一點報國之心，對祖國更歡迎像她姊姊、姊夫那樣帶著銅鈿的資本家回鄉的現實，也從咬牙切齒到坦然接受。

中國和國際接軌，統戰部門閒置的特立機關遭到裁撤，連他們單位那幢原來沒人看得上的小四合院，外牆上也畫了個大大的紅色「拆」字，金舜菁老人別無選擇，只得接受家族的召喚回到出生地上海養老。

當人生對政治的熱血灑盡，沒有丈夫子女的老人，在生命開始倒數計時的時刻，回頭擁抱她向來不屑的封建親情，每週固定三次和她從前的階級敵人，也就是當年她那些一聽見「又鬧革命」就趕緊落跑，後來成了「香港上海幫」或者「紐約上海幫」，卻在改革開放以後榮歸故里，搭夥在北上廣炒樓，賺回家產的親友，一起下館子、打麻將、想當年、話家常，過起解放前租界金府裡那種，年輕的舜菁當年嗤之以鼻，謂之為「集體浪費氧氣」的日子。

二〇〇八年臺灣對大陸開放觀光時，舜菁已是耄耋之年，想想行將就木，就算自認依舊是堅定的無神論者，卻可能人老智昏，又和港臺來的三姑六婆們在一張牌桌上，東拉西扯了十年，難免受到影響，午夜夢迴就也開始思考，如果死後有知，跟舜蕙在泉下重逢，妹妹會不會怪二姊姊太過無情？

過年家族聚會時，她表達了死前想要去臺灣祭拜亡妹的心願。拿姑媽們當成父母般孝順的金家子姪就領命去辦理手續。

共產黨員入境臺灣，哪怕是離休幹部參加旅遊團，也要蓋比平頭百姓更多的章。八個月後，老人終於拿著印了舜蕙生日，和她金舜菁之名的入臺證，來到疑似四妹當年的絕命之丘。

「四孃孃的名字我們都記得的。」姪子時元恭敬地說。

時元的父親是金家么兒安勤。安勤大排行第九，上面有七姊一兄。一九四九年上海局勢混亂，親友紛紛走避海外觀望，時元母親臨盆在即，行動不便，家族就同意安勤這一房留下來看守家業。

家族中最後一個在老屋裡出生的時元剛好趕上新中國。在各種政治運動搞得熱火朝天的年代，他們家雖然和分住了金家大宅的新鄰居們一樣，穿著藍色的衣裳，用糧票排隊買副食品，可是不管戴著紅袖章的人來家裡抄多少次，地板下或者牆壁洞裡，彷彿還是能掏出點什麼物件深夜把玩，沒有外人的時候，櫥子裡也摸得出幾顆巧克力之類的稀罕零食給孩子們解饞。除了特定時間，從香港郵來的信件和接濟，隔三差五也都能到手上。

那個時候中國普遍缺乏娛樂活動，哪怕曾經是遠東第一大城的上海也不例外。時元成長時期的家庭娛樂是聽父母講古。雖然他們這一輩沒趕上親身經歷金府的全盛時期，從清朝到民國，曾經被認為是罪惡淵藪的大家族在人的嘴裡去蕪存菁，幾代革命志士拚出性命打倒的封建，成了值得緬懷的傳統。年、月、日、時、地、人，在見證者的口中說出，扭曲的記憶比史書還權威。金家孩子們聽大人講講，就好像自己也從其中走過；國內國外，死的活的，隨便哪房親戚，都在家庭閒談裡留在了身邊，彷彿從來沒有離開過上海，也就沒有從時元「新中國的孩子」這一輩的成長記憶裡缺過席。

平輩親友談起二小姐年輕時的膽大妄為，喜歡撂英語還會偷偷說一句：「She is the black sheep of the family!（她是家裡的黑羊！）」

年輕時就被稱為「黑羊」的舜菁倒是一點也不黑。金家七姊妹雖然不見得個個是美女，卻都有江南女人的白皙膚質。也有好事之徒在家族裡硬加區分，說是不擦粉的話，三太太那邊的舜蓉和舜美就比八奶奶的四個女兒水色差。

舜菁和舜蕙相差三歲，是金家七仙女大排行中的老二和老四，中間夾了個偏房所出的舜蓉。一母同胞的兩姊妹由同一個奶媽帶大，姊妹個性雖然一剛一柔，可是感情很好，眉目也有幾分相似。

舜菁剛滿二十歲，大學還沒畢業，就有媒人上門。提的男方也是舊家子弟，叫張汶祺，家族從清廷、北洋、國民政府、到滿洲國，都有親戚當過官或者當著官，算是政治世家。汶祺聖約翰大學畢業以後，本來應該接受家族安排，謀個出身，他自己卻無意仕途，反而流連十里洋場，借著各種名義賴在上海。長輩問起前途打算，一會說要去投靠「新京」的伯父，一會說要去找在日本的大哥，沒幾天又宣布要和同學結伴去歐美留學，拿了盤纏轉個身卻繼續去當他的火山孝子。張家太太親自駐滬監軍，也沒法子讓浪子回頭；不免盤算：兒子這麼喜歡上海，那就讓他娶個門當戶對，娘家有實力的本地媳婦，事業無成至少還可以傳宗接代，也算是沒耽誤人生大事。一面也就放出消息，到處張羅打聽起來。

金家是遺老家庭，在上海住久生根了的幾房都信中學為體，西學為用那一套，封建的講究藏在骨子裡，表面上看來洋派得很，男女子弟都送出去上洋學堂，還請家教補習外語，雖然從沒不歡迎媒人造訪，卻聲稱不盲婚啞嫁。當有人跟舜菁媽媽八奶奶提起張家，八奶奶仔細聽了家世介紹以後，笑瞇瞇地說：「張家兒子歡喜派對否？讓他們見見面，小人自己先認識，你看好否？」

跟兩家都熟的親友就找機會帶著嬌客上門了。

如果年輕人沒有抱負不算缺點，論長相、家世、和學歷，汶祺是一個受到這圈子裡婆婆媽媽們歡迎的女婿人選。他也是個帶得出去的客人。玩心雖重，世家子弟分得清白相和結婚是兩碼子事；出名的紈絝張二少在金家出現的時候永遠是個殷勤有禮，進退有據的年輕紳士，他很快就和金府上下混熟，結成通家之好，把介紹人晾到了一邊。

其實單看外表，汶祺覺得金家七仙女中，外貌最出眾的是大小姐蘭熹，不但容貌可人，連一雙手伸出來都像玉琢的一樣，撫在一張張麻將上，能讓看牌的想入非非。有次他在桌邊看幾個女眷打麻將，蘭熹摸的十三張只只不靠，只有陪打的份，可是她臉上不動聲色，跟緊上家，扣死下家，做出將有大動靜的樣子，搞得桌上人人自危。一個抗壓性明顯低於其他三家的女太太口中喃喃抱怨蘭熹牌打得太厲害，一會就自暴自棄，聽了個雞胡。牌一推倒，蘭熹妙目微抬，贏家還沒開口，她手上屎牌一蓋，該給的籌碼早就算好甩了出來。汶祺把一切看在眼裡，感覺那個美貌的女賭徒有股說不出的帥勁兒，可是他記得自己來金家是替母親大人找兒媳婦的，對未來的大姨子就止於欣賞了。

不止汶祺卻步，金大小姐精明之名遠播得早就沒人敢上門做媒。媒人在檯面上跟張家說：「年齡不相當」，像嫌女方虛歲二十五年紀太大，私底下悄悄說的卻是：「那位請回家要當婆婆的。漂亮有啥作用？」

舜菁雖然不如大姊漂亮，可也不難看。她身材高眺，和妹妹舜蕙雖然長得像，卻因骨架稍壯，視覺上大了一號，舉止也多了幾分英氣。她不像金家其他女眷那樣熱中玩麻將牌消遣，反而喜歡文藝和運動，閒暇時要不捧著本小說，要不就找伴出去看電影；又或者天氣好去郊外騎馬，有時也約人到鄉村俱樂部打網球。汶祺對消遣的花樣門檻精通，是個好伴，認識以後和舜菁單獨約會了幾次，家裡就把二人看成了一對，他們將有一個共同的未來也就順理成章，毫無懸念了。

舜菁騎馬的時候喜著男裝，她原本就蓄短髮，有時怕風吹亂，上點髮油往後一梳，再套上馬褲長靴，英氣逼人，活像個假小子。汶祺北人南相，個頭兒不高，卻欣賞長腿女郎；看慣了跳舞廳裡穿著合身旗袍，襟上別著小手絹，扭扭捏捏的女人，跟大方爽朗，沒有小兒女態的舜菁相處，倒也覺得耳目一新。

兩人什麼娛樂活動都玩得到一起，唯獨舜菁跳舞時喜充男士領舞，抱怨被人帶著轉久頭昏。家庭舞會的時候，汶祺就找愛跳舞的四小姐舜蕙當舞伴。

汶祺也算是舜蕙的練舞老師。滿了十七歲的舜蕙剛學會跳舞，對這個新學的遊戲簡直到了癡迷的地步。一有空就打開留聲機，纏著為她啟蒙的二姊練習。

「好了！救命的來了！」舜菁招呼汶祺，喊他的英文名字：「Wayne（汶），」轉臉對讓她帶著轉圈兒的妹妹說：「張家二哥帶你跳。哪個有工夫陪你這樣沒完沒了？」

舜菁連滑幾步，帶著舜蕙舞向汶祺；接著一手輕揚另掌暗推，舜蕙就隨著音樂的節拍倒向汶祺張開的雙臂之中。

汶祺這個跳舞老師不像舜菁那樣死板，邊跳還邊數拍子：「嘭嚓嚓、嘭嚓嚓、嘭嚓嚓……」

他輕輕鬆鬆帶著舜蕙跟上音樂節拍，輕柔打轉，暗符節奏地擺動身體，口中時不時地隨著留聲機裡的佛雷雅斯坦哼唱兩句：

天堂，我在天堂，我心狂跳，有口難開，
和你共舞，彷彿找到了追尋的幸福——
當我和你臉貼著臉！

汶祺高超的舞技立刻讓舜蕙感覺到了另一個境界，腳下輕飄飄的毫不費力，自然而然地就踩在拍子上了。逐漸跳出心得的舜蕙終於能放鬆身體任由舞伴帶領，自己全神聆聽樂曲，原先僵硬的腰和臀也開始微微律動。汶祺感應到女伴的信任，輕輕一笑，手一抖無預警地就把舜蕙扶著下了個腰，轉小半圈又摟回懷裡，還接連玩了幾下花式。

首次完成高難度動作，舜蕙心中又驚又喜，越發小鳥依人。汶祺唱到「cheek to cheek」（臉貼臉）一句時，兩人倏地擦面而過。如此驚險的一瞬間，虧他還有閒暇在距離最近的一點上，悄聲讚道：「四妹妹有天分！」

音樂一停，舜蕙就紅著臉對姊姊發嬌嗔：「人家比你教得好多了！」

「那以後你找他，」舜菁巴不得地說，「別找我！」

事後追想，三小姐舜蓉的生日舞會竟是舜菁最後一次參加金府派對，此後非但家族聚會再不見她的人影，鄉村俱樂部和練馬場也芳蹤絕跡。原來舜菁化小愛為大愛，轉性把時間和心思都放到「抗日救亡」的愛國活動上去了。

在街上教唱愛國歌曲、發傳單反分裂，呼籲國家團結對外，傾情愛國的舜菁往往要等到夜幕低垂才倦極歸來。一進家門聽見嘩啦嘩啦的麻將聲、姨奶奶隔著院牆指桑罵槐、各房僕人口角、派對音樂吵雜，她就惡向膽邊生，要拚命壓抑上前把牌桌或者留聲機掀了的衝動。想到她白天在街上看到的難民，校園裡聽到的消息，和師生報國的熱情，她感覺每天回家都是煎熬，簡直沒法再繼續忍受這個醉生夢死的家庭。她也不願再搭理追求者汶祺；甚至感覺只要和金家沾邊的人和事都讓她煩躁生厭。

金家裡煩著的人可不止舜菁，八爺和八奶奶也煩得很；他們為了還沒許配人家的大女兒不顧閨秀體面，出去甄選上「鋼筆小姐」的事給親友指指點點幾個月了。日本人在華北加緊了侵略的腳步，難民湧入上海灘，學生用罷課、遊行、示威的方式來表達愛國心，社會不安定讓金八爺的投機生意也跟著賠錢，連鄉下的佃農也找到藉口拖延交租。金氏夫婦感到霉星高照，內外不安，就商量著把舜菁和張家的事情辦了，不但七個女兒先嫁掉一個算數，家有喜事也好沖沖喜。媒人得了信，歡天喜地把好消息傳了出去。

「你跟我二姊都要訂婚了，」舜蕙充滿了哀怨地問和她共舞的汶祺，「還跟我跳什麼舞？」

汶祺聞言一愣，心想：舜蕙她這是喜歡自己的意思嗎？嘴裡卻說：「跟小姨子跳舞不應該嗎？你還是我的跳舞學生呢。」

舜蕙的眼淚在眼眶裡打轉，卻忍住不讓流下來。那幽怨的眼神讓汶祺這樣的情場老手也我見猶憐。她委屈地望著汶祺好一會，才吸著鼻子說：「什麼小姨子？你就這麼等不及當我的姊夫？」

汶祺的手在舜蕙腰上緊了緊，語帶調侃地道：「我等不及什麼？多久時間都沒看見你二姊人了。怎麼聽你說的這話有點酸呀？」

「儂曉得啥？我二姊真的歡喜你嗎？」舜蕙把汶祺的手用力一甩，跑了開去。

汶祺站在原地，心裡五味雜陳，甜的滋味雖然多一些，可是姊夫發現小姨子暗戀的對象是自己，恐怕再甜也要帶上幾絲遺憾的苦。汶祺暗自狐疑：不會是也喜歡上這小丫頭了吧？

他無法解釋自己難掩的惆悵；望著疾奔而去的少女背影，心裡泛起對舜蕙溫順脾性的留戀，嘴裡言不由衷地自言自語道：「傻丫頭，當妹妹不好嗎？」

妹妹那夜把自己反鎖在閨房裡為情傷心，淚濕枕巾；姊姊也被拘留在巡捕房裡披頭散髮，泣不成聲。

白天舜菁參加的愛國活動起頭一切如常。演講組的教授帶領著他們幾個同學在街頭演說、派傳單，宣傳抗日救亡運動。沒想到兩個英國巡捕經過，看到人潮尚未聚攏，大約覺得是個好機會擺擺官威，不由分說就揚起警棍打罵驅趕。一個男同學抵抗的動作大了點，立刻被棍棒齊下打得頭破血流，同伴們上前聲援，也都挨了幾下，最後三男兩女外帶老師，一行六人都被帶回了巡捕房。老師被指控為共產黨員，單獨關押，幾個學生輪流被盤查，一直折騰到第二天下午，才通知家裡來具保領回去。

「都是來討債的！膽子不要太大了！」八奶奶在家大發雷霆，怒罵讓她擔心得一宿沒睡的叛逆女兒：「外頭以後不要出去了！學校都不要去了！」她叫來男工人在舜菁門上加了把只能從外開的大鎖，三頓飯要女傭送進去，讓舜菁閉門思過。

金八爺也氣得吹鬍子瞪眼，話都不跟女兒說了。八奶奶還要翻轉頭來安慰丈夫：「幸好日子已經訂了，以後是張家的人，讓張家管她！」

距離好日子越來越近，舜菁眼看反抗無效也自收斂，不但不再玩撞門絕食這些徒勞無功的把戲，也開始配合家裡女眷籌備婚禮，更自言功課已經趕不上，竟然也不再吵著要回學校了。

家人以為她「改過自新」，專心待嫁，也就鬆懈了防範。畢竟是要結婚的人了，要好的同學總要請上幾個的，就沒有再攔著都不讓聯繫，雖然到哪還是派人跟著，閨房也不再時時從外面上鎖把她當犯人看守了；基本上算是解除了對舜菁的軟禁。說到底，金家自詡洋派，不像傳統的大家庭那樣懂得做規矩，舜菁闖了天般大禍，打也沒打一下，就意思意思地禁足了兩個月。八奶奶心裡的麻煩解決最終之道，其實就是把不聽話的女兒趕緊嫁掉。

禮服最後一次改好送過來的那天，八奶奶把婚禮要用的首飾也收拾停當，貴重物品不假手傭人，老娘親自拿過去舜菁房裡讓她試戴。喜孜孜進門卻發現床鋪整整齊齊不像昨夜有人睡過的樣子，心中驚疑不定的八奶奶舉目四顧，看見妝檯鏡面上黏了一張沒有上款，卻有很多驚嘆號的字條，潦潦草草幾個大字：「國難當頭，滿漢一家。閨閣之志豈在嫁人！女子也要救國救民！驅除外國勢力！打倒帝國主義！反分裂、反割據！抗日救亡！」

在崇洋遺老家庭裡鬧革命留書出走的落款就非「不孝女舜菁拜」了，紙上打橫畫了個龍飛鳳舞的英文簽名：「Mary（瑪麗）」。

新娘落跑，金府這下炸了鍋，到處找人不到，又還不敢通知張家婚期可能有變。鬧騰了幾天一籌莫展，正準備硬著頭皮告知男方，需要取消婚禮，媒人來傳話，說張家已經聽說新娘逃婚，為了兩家顏面，提供一個解決問題的辦法：「妹代姊嫁」，張家請問四小姐舜蕙願不願意？

八奶奶雖感張家無禮、媒人荒唐，畢竟是自己這邊理虧，就也認真考慮，還當件事提出來和大家商量。大家庭是非多，無風都要起浪，何況有人給題目。姨太太這下不高興了：無論男方是不是塊香餑餑，求親連候補都跳過三妹舜蓉，點名四丫頭，難不成是輕視偏房？不免冷嘲熱諷，有機會就挑幾句添亂，鬧得金宅上下不安，不但金八爺夫妻屢起勃谿，也更加惡化二房和三房的感情。連素來冷靜又有主意的大小姐蘭熹，表面看起來好像事不關己，心裡也為媒自傷，畢竟她才是七個女兒裡最該著急找婆家的，自己看不看得上是一回事，可是怎麼偏就沒人想到她呢？

金家兩天沒給張家回音，男主角等不及了居然自己登門，而且大膽求見舜蕙。不得不繼續扮演開明家長的八奶奶，無奈喊出十八歲的女兒，自己在一旁做出壁上觀的姿態，其實已經準備好隨時出手，要利用對方失禮的機會挽回己方失信在先的劣勢。

汶祺卻並不在乎眾目睽睽，一見舜蕙出現就熱烈迎上前去，接著單膝下跪，握住伊人一隻小手，說：「我一直喜歡的是你。四妹妹，嫁給我好嗎？」

在場眾人立刻都給這好萊塢電影裡才看過的一幕驚呆了。舜蕙用有空的一隻手掩住小口，避免驚呼出聲，呆望著汶祺從兜裡掏出個戒指為她戴上。

「Dear Maggie（親愛的瑪姬），」汶祺喊舜蕙的洋名，用英語再求一次婚：「Would you marry me?（嫁給我好嗎？）」

等了幾秒鐘見舜蕙驚喜得眼眶泛紅，卻只知望著面前的人發呆，汶祺就輕笑著提醒道：「說Yes啊，要不點點頭也行。我在這兒罰著跪呢。」

兩個家族之間一場可能的干戈就此化為玉帛。

時局混亂，愛面子的家長也只好珍惜資源，既然雙方都有心促成，盛大的婚禮決定如期舉行。只是時間緊迫，禮服和婚禮現場的條幅能連夜修改，請帖就來不及重印或者收回了。兩家揀要緊的貴客各自派人登門，或由八爺夫婦親打電話道歉和說明，卻畢竟未能一一當面解釋。新娘李代桃僵雖安然過關，沒有鬧出醜聞，卻有不少賓客到吃完喜酒都沒弄明白新娘到底是金幾小姐？

婚後汶祺好像真的收了心，不過也有謠言說他在舞廳裡的相好另外找了比他更闊的戶頭，讓他看穿風塵裡只講真金不講真情的現實，一時意興闌珊，終於捨下花花上海，接受家裡的安排，攜眷北返。

逃婚的舜菁卻宛如人間蒸發，家中動用各種關係也沒得到線索；起先還聽有人說她留在上海參加了共產黨，戰爭期間又有人說好像在北平見到她。

放寬時間軸，兩個消息都正確。舜菁離家後經由老師引薦，在上海就加入了共產黨。數年後，又被派到北方去參加工作，足跡遍布華北、東北和西北。抗戰期間，她轉入地下，確實在北平淪陷區待過一段長時間。二次大戰結束，舜菁因為通日語，又有上海的地緣關係，組織連家也沒讓回，直接就把人派去了臺灣。

彼時舜菁離家出走已有十年，先為國後為黨，最後成了習慣，她一直把小我置之度外；戰時做著最危險的工作，把作為一個女人所有的激情和癡心，都傾注於實現共產烏托邦的信仰，到了而立之年也沒有考慮過該有的歸宿，算是被動地奉行了「不婚主義」。在地下黨同志們朝不保夕的人生裡，異性只是彼此的點綴，貞節牌坊更是他們要打倒的封建指標。雖然不是老處女，舜菁盡量潔身自好，起碼她對男女之事小心翼翼；見得多了，什麼環境和時間都有傻女人，甜蜜和偉大的愛情，於她眼中遠不敵在沒有衛生條件下難產的現實來得殘酷。

可是緣分這事就是難說。舜菁走遍大江南北沒遇見知己，飄洋過海來到寶島，卻和小她幾歲，化名「老賈」的路嘉桐產生了奇妙的感情。

臺灣的共黨組織很小，小得沒有理由不團結，可是閩人特重淵源，小小的臺共組織從成立之初就一直鬧派系矛盾；到了戰後，更分成以留日同志為主的國際派，和出身上海大學的「上大派」。做地下工作避免橫向聯繫，大家都只對自己的上下線負責，可是舜菁最初被派到臺灣負有調和鼎鼐，化解派系衝突的任務，因此雖和老賈不在一條線上，卻因緣際會有過一面之緣，彼此雖然沒有留下深刻印象，卻知道對方是同志。

出生在東北的老賈長住過日本，戰後還參加了日共組織，來到臺灣後，原先在中部活動，上線是親日的臺共大佬，二二八事件之後臺共組織瓦解，大佬出亡，老賈躲過了國民黨的追捕，隻身逃到臺北，輾轉和舜菁接上頭，尋求庇護。那時國民政府雖然停止了對共產黨大規模的掃蕩，島上零星的鎮壓行動仍然持續，到處風聲鶴唳。老賈才到臺北的第二天，舜菁負責的情報站也被端了鍋，匆忙之間跳牆而逃卻崴了腳的舜菁靠著老賈的扶持脫險。

落單的二人失去了所有聯繫，被形勢逼成了相依為命的亡命鴛鴦。他們大隱於市，深居簡出，兩人雖然不會說閩南語，卻都會講日語，就以日本留學生夫婦的身分做掩護。

和本地士紳級的房東語言溝通無礙，迅速地幫他們贏得友誼，房東的另眼看待減低了鄰居對外來者的敵意。一對假夫妻得到周圍本省人真誠的庇護，竟然躲過了非常時期在地流氓一時的追打，和國民黨軍隊長期的地毯式搜捕。

難中孤男寡女夫妻相稱，動情成了理所當然。為了避人耳目，他們很少外出，陋室內長日無聊，兩人除了張羅三餐，就是終日貪歡，活脫脫一對飲食男女。可是舜菁卻自覺他們感情的本質還是以革命情感為主，不同於一般的世俗之情。

無論他們的關係是難友、同志、姊弟，還是愛人，身世背景迥異的兩人談得來卻是不爭的事實。受過訓練的地下工作者其實並沒有常人需要傾訴心事的習慣，可是當今晚睡去，看見明天早上的太陽都成奢望的時刻，身邊有同類的溫暖卻足以融化鋼鐵般的心志。

老賈外表冷漠，內心卻十分多情，他告訴舜菁自己睡過很多女人，卻從未表白，他感到時間倉促，生命無常，談情說愛都是多餘，喜歡一個人只能以最直接和炙熱的行為來表現，要到現在和舜菁廝混終日，他才相信男女靈肉竟可合一！

困在斗室，日以繼夜都要消磨，老賈越說越多，直到對舜菁無話不談；有時他講起和其他女人在一起的事，坦然地就像跟同性好友聊天那樣百無禁忌。講到動情處，他會親吻舜菁，說：「我就這樣……」

舜菁光溜溜的躺在男人身邊，並不感到嫉妒或者不自在。她覺得那是因為兩人的革命信念都夠堅定，足以昇華以任何型態發展的情感。可是此前沒有和異性談戀愛經驗的舜菁其實並不懂自己和老賈究竟是怎麼回事？舜菁覺得跟老賈一起，確實讓她自覺是個被男人喜愛著的女人，可是他們的愛情關係和她看過，或者幻想過的完全不同；書裡描寫的那種讓人願意生死相許的堅定之愛，舜菁感覺只有她少女時期的愛國激情堪以比擬。

對愛情的懷疑只是舜菁個人的內心獨白，實際生活中，老賈就是她的男人，她把擔心懷孕的事跟老賈坦白，經驗豐富的老賈就教她些旁門左道，舜菁身體力行，為革命感情徹底地背棄了金八奶奶對女兒的淑女養成教育。

老賈和舜菁在男歡女愛中蟄伏等待。即將來臨的明天，他們面對的可能是死亡，也可能是機會。

國民黨在內戰中全面敗退，大量難民湧入臺灣。成千共產黨地下工作人員混在撤退的政府單位、軍隊和平民百姓中，來到寶島，很快的滲透到各階層和行業。已經躺在太平間裡等待火化的臺灣共產黨得以死灰復燃。

和組織再度取得聯繫的舜菁奉命和老賈就地建立工作站。患難情侶放下兒女私情，重新投入工作，對外也不再以夫妻相稱做掩護，二人正式成為上下級關係。舜菁要老賈負責的據點，就在離臺北中樞不遠的市中心一帶。

臺北市中心範圍很小，總統府特別行政區旁的西門町人卻不少。天南海北，中國又何其大？舜菁居然在臺北西門町，人頭攢動的中華路上巧遇她昔日拋棄的未婚夫汶祺，讓人不能不感歎世界何其小！

滯留臺北的難民太多，住房緊張的情形短期內無法改善。沿著中華路的鐵道邊，雨後春筍般地冒出密密麻麻的簡陋棚屋。屋子窄小，做小生意的搭起雨篷把鍋爐貨架擺到了街上。中華路上的行人邁不開步子，只能主動分流，對向魚貫前行。

那天舜菁先是夾在左手邊的人潮中隨眾徐行，起先看到的只是前面一個男人，戴著頂濕熱臺灣少見的呢帽引起了她的注意，那背影越看越眼熟，讓她起了職業性的警覺心，直覺地感到需要進一步辨明。

她加快腳步，左閃右讓，搶到前面二十公尺後，轉身回走，赫然發現果然是熟人。就在她還沒決定是否相認之時，眼尖的汶祺卻迎面先認出了她，而且喜形於色張口欲呼，她只好趕快接近，把他的袖子一拉，低聲道：「找個地方說話。」

後來舜菁堅持吸收汶祺絕沒看在昔日之情。她自認對逃婚的事從沒感到愧疚過，更不可能因為他後來娶了自己妹妹，成了一家門。

「這麼做，」她告訴老賈，「完全是為了工作上的需要。」

汶祺和不知情的現任伴侶商淑英是逃難途中結的露水姻緣，隨時可以說散就散。只是這個女人不簡單，從良前在上海百樂門舞廳紅過一陣子，吃喝跳賭的門檻不是普通精，交際手腕也一流。舜菁讓老賈負責的點，既然以俱樂部的形式做掩護，讓汶祺和商淑英這對曾在十里洋場上打過滾的臨時夫妻出面主持，可謂適才適所。

雖然成為了同志，可是舜菁貴為一方負責人，和屬於外圍分子的妹夫層級有別，等老賈的據點穩定後，汶祺跟舜菁就連面也見不上了。

未久汶祺從香港親友處輾轉聽說，舜蕙帶著他們的兒子離開北方老家到了上海，富貴一時的娘家卻已樹倒猢猻散，無處可以投奔。他急於接濟娘兒倆的家事竟然無法直接上達舜菁，還要靠老賈轉告。

「你知道我不能管他們這個事，」舜菁狠心地說，「你那裡剛上軌道，我那個妹妹來了怎麼算？」

老賈卻對情人有心，沉吟道：「你妹妹和兒子在上海我們幫不了，讓她過來倒不用你出面。有條船走樂清，我們有人來的時候可以捎上她。只要你不反對，這個我來安排就行了。」

舜菁歎氣道：「父母不在了，家裡十幾年不通音訊，一大家子都散了。我跟這個妹妹以前最要好，也不是不想她，可是這裡已經有個張太太，來了讓她們鬧家務？我們不能影響工作。」

老賈微笑道：「這都好辦。她們不必見面。這裡本來就是個戲臺，除了你和我，有什麼是真的呢？」

舜菁心想：老賈比自己小，果然比較天真。非常時期的相濡以沫之情就算是真的，也已時過境遷。世上除了組織，哪裡有值得任何個人付出真心的對象呢？

老賈看舜菁不再作聲，認為她是默許了。他真心誠意想要討好舜菁，她是他的長官也是他的愛人；兩個身分都值得他為她肝腦塗地。

舜蕙自然不曉得隔海發生的一切，人在上海的她帶著兒子日日以淚洗面，只感到牆倒眾人推，四處碰壁，連繼承產業留守家園的親弟弟也聲稱自身難保，沒如她所願的鼎力相助。然而禍不單行，人生更大的災難旋即降臨，她和汶祺的獨生兒子忽然高燒痙攣，延醫不及，急症身亡。

舜蕙草草辦完兒子後事，萬念俱灰，正在盤算如何才能自我了斷，好去泉下照顧嬌兒的時候，一個自稱是汶祺朋友的人找到她，告訴她丈夫在臺灣，要接她去團聚。她就糊裡糊塗地和個初識的男人來到浙江海邊，在夜黑風高的晚上夥同另外幾條「黃魚」乘漁船偷渡，過了「黑水溝」。

冒險登陸後，並沒有如舜蕙預想，一上岸就和丈夫擁抱團圓，反而被領她來的人單獨安置在臺中縣的一幢小屋裡，臨行還要她切莫張揚，只需靜靜等候。

她和鄰居語言不通，對環境也不熟；看起來像是鄉下的地方卻不安靜，住處附近竟然有個機場，時有飛機起降，轟隆轟隆，吵得她夜不安枕，披衣坐起回想充滿苦難的過去一年，自覺神經逐漸衰弱，常常垂淚到天明。

後來汶祺終於來了。每次來還都帶不少家用給她，可是偶來一趟，卻只短暫停留兩天就「必須回臺北」。舜蕙懷疑丈夫在臺北另外有了家，一改溫柔秉性，常借小故吵鬧。

夫妻吵架難免言辭交鋒，一扯到客死在上海的兒子她就既心痛又心虛。作為母親，她沒法把喪子的悲劇完全歸咎於內戰帶來的家庭和社會變故，她更內疚自己沒有盡到照顧的責任；家大業大的金家四小姐，官高祿厚的張府二少奶奶，兒子病了居然沒請名醫診治，讓只是感染了破傷風的兒子延遲救治以致枉送性命?!

她想到一起乘漁船偷渡到臺灣的那個鄉下女人，一雙解放腳，又不會游泳，把還在吃奶的嬰孩綁縛在胸前，決然地踩進雖屬淺海，卻也隨處可以教人滅頂的冰冷海水裡。那是多麼的勇敢！她怎麼就這樣無能，讓兒子死在自己的懷裡了呢？

偷渡上岸那天時近黎明，四周卻仍昏暗，被趕下船的幾條「黃魚」在海中載沉載浮等待接應，舜蕙幾次出手拉住那個站立不穩的女人，看她奮力把嬰兒舉高，用臉頰暖著被海水凍得面部青紫的孩子。

為什麼在上海就沒有人對她母子伸出援手?!

「我要你賠我一個兒子！」她對著難得來一趟的汶祺胡鬧癡纏。

「兒子的事是命。」汶祺輕輕推開妻子，沉聲道：「你聽好，人家早就要我不要來了。我也是聽命於人的，身不由己。還好你什麼都不知道，既然接了你來，看來你二姊對你還是有姊妹之情的。」

「我二姊？她在哪？也來了臺灣？我們家十幾年沒她的下落，怎麼你有她的消息？」舜蕙忽然醋意上湧，翻身而起，對著丈夫怒道：「你們一直有聯絡？我就知道你忘不了她，她才是你的心上人！」

「我哪裡見得到你二姊？」汶祺喊聲冤後，旋即警告妻子：「她的事情知道得越少越好。是我多話，為了我們的安全，以後再也不要提她了，好不好？」汶祺看妻子一臉狐疑，並沒有被他說服的樣子，又接著歎氣道：「你是我的髮妻，世上我只相信你。心裡有別人我會次次冒險來這裡看你、給你送錢？現在的局勢比跟日本人打仗的時候還危險，我們走錯一步，就退無死所，要是去年我就知道這裡是這麼回事，我也不會去求他們把你接來。現在誰都不能相信，我們只能相信彼此。」說著他起身梳洗穿衣，準備離去，「我得走了。」

舜蕙淚盈於睫，拋下臉面，拉住丈夫手臂，放低姿態道：「不要走。」

汶祺望著妻子悲傷地說：「我也只想好好和你過下半輩子，可是現在由不得我。」行前他一如既往地囑咐妻子不要隨意外出，也不要結交朋友，最重要的是把他帶來的錢妥善收藏；他們在臺灣人生地不熟，將來夫妻逃離生天長相廝守要有積蓄。

雖然不明就裡，舜蕙謹記丈夫的交代，日子過得小心翼翼，跟鄰居很少招呼，小菜多半跟挑擔經過門前叫賣的鄉下人買，連市集都非必要不去，每天窩在家中打打毛線、聽聽收音機、看看書報打發時間。日子清苦寂寞卻不是沒有希望，舜蕙覺得自己偷渡到臺灣後反而天天都有盼頭：白天盼夫來，入夜盼天亮，更無時無刻不盼著國共打完這一仗，不逃難了可以回家。

豈止舜蕙，流落在島上的外省人不知有多少都在盼著趕快回家！不管信不信老蔣能反攻大陸的人都想：跟日本人也不過打了八年，自家人之間能有什麼深仇大恨，國共內戰難道會打得比對日抗戰還久？

然而轉眼舜蕙在臺灣一等八年，和平沒有盼到，倒是盼來了懷孕的意外之喜。

三十九歲才再度懷孕，舜蕙除了高興，自然還要擔心，她天天盼著等汶祺來了陪她去看醫生。可是那個八月從七號開始一連三天滂沱大雨，收音機裡報的都是壞消息，播新聞的管暴雨不停加山洪爆發的這場災難叫「八七水災」，死傷的人數天天增加，還說不但中臺灣農田積水不退，全省鐵路也柔腸寸斷，到處都在搶修，不知何時才能恢復通車。

汶祺來家的時間本來就不一定，再加上天災延誤，舜蕙等不及丈夫來了再商量。看看路上水退了，市集裡商店也重新開門營業，她就向買過幾次毛線的小百貨店老闆娘打聽，自行找到鎮上醫院，填了單子申請產檢。

哪知後來那張填了「緊急情況通知人：張汶祺；關係：夫妻」的病歷也跟著她去了「警備司令部」，成了證明她隱瞞「真實身分」的證據之一！

「是我的親筆沒錯，」剛被公家「請」進去的時候舜蕙腦子還清楚，她對坐在桌子對面，審訊她的人分辨道：「講了很多次了，我不認識你們要找的張世棋。張汶祺的確是我丈夫。如果怕人曉得，我就不會照實填寫了。」

另一個面貌不善，站得遠點的公家人，劈手抽出張西式請帖，揚起來問她：「這是你的結婚喜帖嗎？」

舜蕙看見粉色信箋上面大紅的「張金聯姻」和浮印的「W&M」，就說：「是的，W&M是我們英文名字開頭的字母，Wayne和Maggie。」

站著的人把請帖翻開看，頭也不抬地說：「可是你說你叫金舜蕙，不是金舜菁。」

舜蕙有點不耐煩地提高聲音道：「你們我要講多少次？金舜菁是我二姊，超過二十年沒見了。」

那人衝到舜蕙面前把請帖向桌上一拍，凶惡地道：「你給我老實點！要說這張請帖是你的，那上面張汶祺娶得可是金舜菁，不是金舜蕙。」

舜蕙忽然想起來，是聽說過許多請帖來不及收回，還寫著二姊的名字，可是怎麼有那麼無聊的人把張作廢的請帖帶到臺灣來，還交出來成了指控她冒用身分的證據？

「如果沒話說了，」先前主審的那人把一份文件推到她面前，「那你就簽個名吧。不要在身分這種小事上再浪費大家的時間了。」

妹妹代嫁的一段公案說來話長，舜蕙思緒亂了，說話也變得有點支支吾吾：「我……，我丈夫本來……。不是，我可不可以——」

舜蕙懷孕剛滿三個月，算是進入妊娠中期，雖然不再害喜，卻容易疲倦又頻尿，尿意上來了也特別難忍；然而她再不機靈也明白現在不是請求上廁所的時候，只是生理需求壓迫著她的膀胱，讓她無法好好思考，情急之下幾句跳到腦子裡的話脫口而出：「金舜菁到底做了什麼事你們要抓她？就算犯了王法，是國民黨也不能拉妹妹頂罪對不對？你們這樣還講不講理……」

語音未落，站著的那人忽然出手揪住舜蕙的頭髮，向上一提，惡狠狠地道：「金舜菁，你太狡猾了！自己的事不一五一十的交代，還敢來問我們！」

舜蕙的脖子被拉得爆出青筋，扭曲著一張臉胡亂哭喊道：「我不曉得你在說什麼？我真的是金舜蕙呀！」

「混帳！」那人用力搧了舜蕙一耳光，怒道：「我們認識你的妹妹！你沒想到吧！」

被打得眼冒金星的舜蕙只覺得小腹一緊，隨即有液體流過大腿內側，人暈過去前她腦海還閃過一絲羞意，以為自己終於沒能憋住，尿了褲子了。

小產後的舜蕙被安置就醫，卻並沒有受到禮遇。軍醫院裡醫護人員對她冷冰冰的態度，和被銬在病床鐵架上的一隻手都提醒她，自己是個犯人，而身上所有的不適也在向她證實，這幾天所遭遇的一切不只是場醒不來的噩夢。

雖然沒人回答她的任何問題，根據本能她也知道孩子沒了。她捂著似乎平坦了不少的小腹，感覺自己已經被世界遺棄，滿心都是問號，卻無人可訴：沒人知道她被關起來了吧？不曉得丈夫是否安全，是不是正在尋找自己？在這裡她聽不到丈夫的消息，丈夫有沒有她的下落呢？她被關起來會不會連累汶祺？大禍是舜菁替他們惹來的嗎？二姊到底犯了什麼滔天大罪，國民黨要連坐二十年沒見的妹妹？

「我好冤枉呀！」孤立無援的壓力大到讓舜蕙再也不能顧及風度；她一看見有

人靠近就止不住地大哭大鬧，重複控訴：「你們到底是誰？你們害死了我的孩子！你們是凶手！是魔鬼！」

太吵了！醫生要護士加重鎮靜劑；還告訴司令部的人，好把身體上已無大礙的犯人帶走了。他們這裡不是精神科，沒有人力和專業安撫小產病人的情緒。

負責金舜菁一案的調查人員回收了燙手的山芋。他們對鎮靜劑過量而眼神迷離犯人的真實身分，其實也不是沒有疑慮，可是同一組人去年才抓了妹妹「金舜蕙」，而且採信了當時那個妹妹的說法：失聯幾十年，妹妹對姊姊「金匪」的作為一無所知。

即使如此，他們還是很謹慎的，錯抓並沒輕放；軍法庭以偷渡為由定了罪，不久前才把那個妹妹送去了綠島。

看似能轉圜的錯誤發生在公門裡，也就起手無回了；既然已經有個「金舜蕙」在綠島服刑，後來抓到的這個就只能是「金舜菁」了。可是犯人堅不吐實，身子還嬌貴得很，一巴掌打下去就裝死，領回來了又繼續賣傻，問東答西，做記錄的兜不攏，主官無法結案。正在頭痛的時候，同夥的另一要角落網，根據情報，化名「老賈」的路嘉桐正是「金匪」的下線；世上沒有比老賈更有資格揭發金舜菁這個神祕人物的真面目的了。果不其然，本來怎麼都不肯合作的老賈，看到先他落網的「金舜菁」顯得震驚不說，連對質都要求免除，老賈同意以把他的唯一死刑減成無期當交換條件指認昔日長官，坦白了一切。

有了「老賈」的自白書，「金舜菁」嘴巴再硬也由不得她了。這筆姊姊妹妹自始就搞不清的糊塗帳，至終才得以順利了結。

這麼一個大案辦得漂亮，沒出一點紕漏，工作人員個個記了功。慶功宴上同仁們欣慰地相互敬酒，感歎敵人無論多麼善於偽裝，還是讓他們找出了破綻，大家的力氣沒有白費，狡猾的「金匪」終於伏法！

*

臺灣十月早晨的秋意稍縱即逝，太陽剛才爬高，河邊即刻濕氣上蒸，回復酷暑般的高溫；缺少樹木遮蔭的馬場町紀念丘前已經熱得讓人待不住了。

兩位陸客始終沒有明說此行原委，靜候在側想聽故事卻只落得汗流浹背的小關失去了耐心。他打破沉默道：「金奶奶，雖然你們甚麼都沒告訴我，可是只要你們滿意我的服務，我的力氣就算沒有白費啦！」

舜菁懂得人家這是委婉宣告到此為止，活動結束。她舉手暗自拭去面上不知何時流下的兩行老淚，轉臉對小關點頭致意道：「謝謝你，小關。這件事對我意義重大，可以說讓我這個老人死而無憾。謝謝你帶我們來這一趟。」

這下輪到小關不好意思了，哈腰擺手道：「欸，金奶奶怎麼將子講？金奶奶你千萬別將子講！別跟小關我這麼客氣呀！能載你們來，是我的榮幸啊！」

客人嘴緊，辜負了小關特意起早「加班」，花自己的時間替他們開小灶加景點的美意，光讓小關陪著在土丘前發了一陣子呆，甚麼祕辛也沒挖到。即便如此，見多識廣的小關只消察言觀色，也大概猜出了幾分老人此行目的。多話又好奇的小關沒有放棄套出隱情的念頭，看老人謝他謝得鄭重，就乘機獻殷勤道：「金奶奶，你都不知道我有多高興自己幫得上你們。不過就像我講的，這裡只是一個紀念碑而已。這次沒時間了，你們在臺灣如果有白色恐怖時期往生的人想祭拜，可以給我名字，我上網替你們去查查看。很多那時候的往生者，尤其沒有親屬認領的外省人，都是埋在信義區那邊的山上。下次你們來，先計畫一下，我也可以帶你們去那裡。」

舜菁微笑著點了點頭，道：「謝謝你！如果有下次，我們一定告訴你，找你幫忙。」

小關聽見客人還是猛打高空，不透露半點內情，不無失望地道：「金奶奶，唉呀，我都這樣，一直把你們當自己人，你還跟我客氣……」

舜菁正色道：「小關，不是跟你客氣。我從前沒想過這輩子會再來臺灣。活到這個年紀，別的我不相信，世事難料這個道理，我算是相信了。人生來走一趟，註定要欠誰一份情，想跑也跑不掉。該來麻煩你，我想不麻煩你都辦不到的。」

高來高去，小關的好奇心沒有得到滿足，對兩位陸客的馬場町之行，他心中還有許多疑團，可是一看時間，目前的首要之務是趕回旅館和大隊集合，想想還有幾天可以把人家的故事套出來，小關也就不再囉嗦，學著老人含笑點頭，表示受教，一面領著客人向停車場走去了。

二〇一四年九月十四日 初稿
二〇一四年九月十六日 修訂
二〇一四年九月十八日 定稿
二〇一四年九月二十六、十月十四日 改錯別漏字
二〇一五年三月十日 改錯字

風乍起

她一反常態，沒有對空望門破口大罵，反而垂下眼皮，默默歎了口氣，放輕步子走回自己屋裡，頹然坐在床沿。一眼看見床頭櫃上，銀姐下工前替她擺上的開水和藥，就拿起來吃了。她剛滿四十就有早發更年期的症狀，醫生問她還想不想嘗試要孩子？不要的話讓她吃維他命，還想試試，就吃有副作用的荷爾蒙藥劑。舜蒂選擇吃藥，可是她跟丈夫連話都不能坐下好好講。

「銅鈿沒額，派頭篤來兮！」金家六小姐舜蒂人都到家了，還在嗔怪同父共母，幾年前從臺灣移居香港時倉皇得像逃命一樣，連隨身衣物都沒帶周全的嫡親二姊金舜菁：「銅錢沒有，架子還挺大。」

舜蒂覺得自己這個姊姊真是不懂怎麼當個窮親戚，剛到的時候，只要親友問起在臺灣有沒有聽到過其他姊妹的消息，二姊就板起面孔不響，好像哪個犯了她的禁忌一樣。這兩年變本加厲，越來越不承大姊不計較彼此社經地位懸殊，刻意折節下交的好意，鮮少答應往來不說，姊妹即使難得一聚，也會故意擺出高姿態，要別人處處遷就她。

舜蒂皺著眉頭進門踢下腳上高跟鞋，閃過開門後忙著蹲下收鞋的女傭銀姐，趿上緞子繡花拖鞋，踢踢踏踏走進客廳，冷面遙對窩在沙發上研究馬經的丈夫，刻意提高了聲線道：「都曉得篤（大）姊夫頂歡喜熱鬧。我就講一聲，下次羅漢請觀音，哪個真會要她拿鈔票？講公司不好請假，份子湊湊人不會的到——這種言話伊講得出！」

六姑爺盛慶吾對老婆娘家的是非恍如未聞，連哼一聲都省卻；結婚十年，夫對妻的多數話題都已不感興趣，覺得裝出傾聽的樣子也是虛套。

加上他最近情緒不好，更是對誰都懶得搭理。在老家的時候，何曾想過他盛家少爺這輩子會有銀錢上的煩惱？當然，他的所謂煩惱並不是過小日子那種柴米油鹽之憂。哪怕異鄉逃難，慶吾也認為自己「這種人」的煩惱不同於升斗小民。說是眼高手低也成，說是不忘初心也成，反正慶吾當了十幾年難民，自覺肉身雖在流亡地坐吃山空，心裡沒有一天不惦記以錢滾錢，立志即使非常時期也要壯大家族財富，等到太平返鄉，繼續當他的人上人。

可惜天不從人願，和舜蒂成家以後開銷大、進帳少，慶吾感覺老本越來越薄，最後還從僅存的家族生意裡被迫退出，截斷了日常現金流上的最後一個活水源頭。而且到手的退股金額並不滿意，以後的投資門路也尚無頭緒。慶吾煩惱中自我安慰：口袋還沒見底，耐心等待，香港市道空前繁榮，發財的機會到處都是，總會輪到自己。

情緒雖然低落，慶吾也不守株待兔，賦閒坐等。他天天打扮整齊出門，約人在茶樓酒肆「談生意」。酒足飯飽之後安排一點打牌、看戲之類的餘興節目，忙過一日不難。只是人在他鄉日久，物換星移，原先的老熟人，同輩移民的移民，長他一輩的逐漸凋零，晚他一輩的「大英子民」還在上學。隨時能約出來談談的人越來越少，居家無聊的時間越來越多。幸好港島消遣花樣直逼當年上海灘，一個人看盤賭馬，也能打發辰光。

男人銀錢有出入，老婆不能說他遊手好閒。畢竟依照他們社交圈裡的不成文法，即使因為國共戰火離鄉背井，落腳彈丸海島避禍，除非實在走投無路，否則像他家二姨那樣，出去當小職員替人打工；說起來是自食其力的時代女性，卻比投靠富親戚還招人非議。

慶吾不跟老婆同鄉，並沒有舜蒂和她娘家親戚那些海派規矩。他從小在省城上學，寒暑假回到鄉下莊子上，連戰爭期間都只在老家山裡躲過幾天，從來沒有離開過廣義上的家鄉。只是勝利以後的幾年他到滬遊歷，穿戴學足了上海派頭，也能說一口還算流利的滬語。上海市民素來排外，可是一九四九年以降，從內地到港的人越來越多。流亡到異鄉，大家都成了「外地人」，「上海人」的資格也就被從寬認定；既然說廣東話的把不會說粵語的統稱為「上海人」，那麼講滬語的也開放給同聲同氣的都當「自己人」了。

哪怕慶吾平日來往的「上海幫」跟他不見外，老婆舜蒂卻常挑剔丈夫滬語說的不地道。慶吾不耐煩在家裡老被糾正用語和發音，和妻子講官話的時候更多一點，只是圖方便，難免夾雜些滬、粵語單詞；不過也不知道出於什麼心理，慶吾在家從來不說自己最擅長的長沙話，更別提老家鄉下土話了。

其實除了分處沿海大埠和內陸省城的地域性差別，慶吾的家族在原鄉也是富甲一方的望族，翻起老黃曆，論財力和實力都不比舜蒂自認顯赫的娘家遜色。兩個人背景上最大的差別，不過家風各尚土洋中西，夫妻成長環境有別。

從清末起以買賣發家、地產保值、捐官沽名的盛氏，哪怕家大業大，始終自詡「耕讀世家」。慶吾的父母親對兒子灌輸傳統教育，雖然不至於鼓勵躺在榻上抽鴉片，好把兒子永遠留在身邊，卻也一味要他孝順守成。雖然家族最後還是讓子弟都進了洋學堂，從小到大耳提面命，慶吾已經成功被洗腦；他徹底相信只要「修身」，（他的理解就是吃喝嫖賭有節制，）就能保自己一生富貴、三代無憂。

家裡大人向來只防備孩子「學壞」，家庭教育並不要求慶吾憂國憂民，捨身成仁，急公好義，貢獻社會。慶吾算聰明，無論好賴事，學什麼都很快上手。他性情乖順，既然家裡大人要求凡事不能「沉迷」，他也就做什麼都像蜻蜓點水。說白了，盛家對慶吾的舊式大少爺養成教育頗為成功。

讀書、就業、學生意，甚至過日子，慶吾做起來都帶點玩票性質，連婚都結過好幾次。算起來在香港娶舜蒂已是三婚。

慶吾家鄉風俗婚齡偏早；男子滿十五、女子過十三就論嫁娶。他的第一個妻子是門當戶對的娃娃親，因為時局動亂，娘家怕擔責任，提早送了過門，可是還沒等到新郎初中畢業行圓房大禮，小新娘在日本人圍城期間感染急症，延誤醫治，一病歸西。當時人人都說新娘八字太輕，享不了盛家的福。太平日子一直等不來，慶吾父母顧及自己這一房的香火延續，降格以求，在原鄉找了個有宜男之相的小家碧玉填房，慶吾在長沙的高中學業雖因戰火時斷時續，也要等到寒暑假才能下鄉。夫妻聚少離多，感情並不深厚，這個填房媳婦三年後難產而亡，為夫家傳宗接代的任務做出了犧牲。這時鄉里人又改口說，慶吾八字太重，娶一個走一個，嚇得媒人都不敢上門了。

慶吾死了兩個老婆，八年抗戰才打完。長大了的慶吾決定暫緩成家，就以深造為由說服父母，讓他出門歷練。他先到上海去考大學，一試落榜，感覺只有滬上繁華才能撫慰他的失意，其後幾年就以學習的名義滯留在滬，再不肯乖乖回去盡延續香火的家族義務了。

一九四九年正月，國共內戰勝負已見，共軍氣勢如虹，隨時可能揮軍南下，席捲全國。此時長江民航停頓，內地陸路交通受阻，盛家大人要慶吾不要冒險回家過年，節前直接從滬到港收帳，兼負考察資產轉移以避戰禍的可能性。哪知他人到香港剛才安頓未久，家鄉就變了天，而且很快內外音訊斷絕；那些說是將來他有一大份的萬畝良田、千萬家產也說沒就沒了。還好他這個少東家已經在香港接上了頭，盛家在港一點和農產品有關的零碎生意，以及從戰後一直被當成家族生意招待所的連棟唐樓，就認了他當主人。

年紀輕輕，出門意在旅遊，順便見習生意的少爺，一夜之間成了家族企業海外代理人，慶吾難免六神無主；他本來也只是想借個名目，從上海到香港換個地方玩玩，基本對家族在港經營的桐油、大米、生豬批發買賣不感興趣。匆忙接手，只能一切仰仗原先在港聘請的經理。反正特殊時期的糧食生意難做，國內通路不穩，內地貨源斷續，哪怕懂行的也只慘澹經營。

慶吾不是有經驗的生意人，可是在遠東金融中心混了幾年，頗有些觀望時勢、未雨綢繆的基本投資概念。既然掛名老闆的家族糧食生意插不上手，他就自己拿些本錢出來試試水；舉凡插花入股、私人借貸、股票、房市，方方面面，玩得不大，可是樣樣沾一沾。只是理財沒有不繳學費的，尤其鈔票有群聚性，喜歡往多的地方跑；慶吾失去了家鄉奧援，感覺手上資金不夠雄厚，跟上了賭桌檯面籌碼有限一樣，只能小打小鬧，施展不開，常感憋屈。

慶吾在滬上流連忘返的時候，沒有好好用功考大學，也沒有認真學生意，專業「白相」卻也不算白過，歌臺舞榭四處亂轉很交了些朋友。來到香港，慶吾靠從前在上海灘一起玩的同齡人，打進了本地上海幫的社交圈，最後更因為這層關係，成就了他和上海大齡名媛舜蒂的姻緣。

舜蒂和慶吾一樣，屬老鼠。慶吾從戰後就離家獨立，在香港又獨當一面，不算沒見過世面了，可是他對異性的審美觀始於家鄉兩任亡妻，成於上海灘萬丈紅塵。雖早下決心要找個「興趣相投的都會新女性」白頭偕老，在滬港兩地擇偶還是小心翼翼，深怕自己會把「態度隨便」當成「活潑大方」，上了壞女人的當。可是舜蒂的名門出身等於掛了淑女保證，慶吾一見傾心，感覺如此佳人難再得，絕對不能錯過；認識後全力追求，花前月下，送花送禮，不惜血本，做足派頭。等出遊了幾次後，才搞清楚看似青春洋溢，嘰嘰喳喳的舜蒂不是小他一輪，而是跟他同年之鼠，慶吾既吃驚又遺憾，卻又感覺已陷情網，難以自拔。生了一天悶氣，還是接受了媒人的寬慰：雖然同年，女方生日畢竟還小他的月份嘛。

兩人齊屆而立，時間緊迫，交往三個月就塵埃落定，舜蒂、慶吾成了一家人。可惜當日郎才女貌的一對，婚後生活卻很快趨於平淡。也沒像媒人保證的那樣，讓隻身在港的慶吾多位娘家給力的賢內助。碰到老婆找麻煩、挑他刺的時候，慶吾簡直覺得自己不是娶了個妻，而是請了位老佛爺進門；原先孤身一人偶爾多愁善感一下，異鄉的生活壓力還是無形的，有個老婆不吝對他提出各種要求，慶吾的壓力源就有了具體的形象，讓他的逃避有了目標。

像平常一樣，慶吾眼睛看著報紙，耳朵還是留了個神；一察覺門口有響動，就已經坐直身子，手也摸向了原先攤在茶几上的報紙。等到聽見舜蒂說話的聲音，就不自覺地把報紙拿起向上一舉，算是全面阻絕了來人向他搭訕的可能性。

舜蒂可想不到有人拿高一層紙當掩護是不想引起她的注意。她眼中看見丈夫這番做作，眉頭立刻擰到了一起。除了新婚伊始，都對婚姻和感情還有指望的頭兩年，兩人曾經相互探索、嘗試溝通，盛氏夫婦的相處之道，早已是除非起衝突，否則就彼此愛搭不理。言談單行道是常態。平日裡一個講另一個沒聽，本不值得大驚小怪，也不該有哪個會被對方的冷淡激怒才是。

然而這天舜蒂之前已在淪落成工薪階級的二姊那裡，碰過一鼻子灰，加上家中那人明明曉得她看似對空氣發言的姿態，其實是變相跟他打招呼。老婆大人如此紆尊降貴，丈夫卻故意舉報遮臉，是可氣孰不可氣？

一個下午連番遭受兩個自己看不上眼的人冷落，舜蒂心情大敗。本待抬腿走人，卻又覺得輕飄飄拂袖而去不能明志。就在進臥室之前將房門重重一摔，動靜大到把剛退進廚房裡的傭人嚇得再度出廳。

白衣黑褲的銀姐站在廚房門口探頭探腦，卻只見坐在沙發上的男主人一動未動，只是略略抬頭對著太太的去向翻了個白眼，嘴皮輕輕蠕動。銀姐讀唇解碼，認為先生說的是：「癡性！」（神經！）就嘴角含住一抹若有若無的笑意，無聲地縮回了廚房。

銀姐是鐘點工，平日裡早晨來、下午回，特殊情況可應主人之請加鐘。鐘點工很少穿制服，可是這家人講究，嚴肅地當成招工的首要條件。

前幾年街市上常見到白衣黑褲，梳著大鬆辮的順德媽姐，她們漸漸到達退休年齡層，紛紛住進姑婆屋等待終老。與大陸臍帶相連的殖民地拜戰後中國政局變化之賜，接收了內地流出的人才和資金。六〇、七〇年代，港都經濟起飛，中產階級興起。家務工人越來越搶手。當時菲律賓仗著美援，是亞洲富裕國家，漢語裡還沒有菲傭、外勞一類的詞彙，香港俚語也沒有「賓妹」、「賓賓」這種對過埠勞工帶有貶義的稱呼。

本地家務工供不應求，計時工人隨著中產階級擴大逐漸興起。勞方多勞多得，資方也省下食宿開銷。鐘點工人很多趕場打下家，嫌換穿制服劃分階級、貶損身分、浪費時間還妨礙賺錢。難得銀姐不但是熟練家務工，而且表明只在乎工時固定，不事先講好不能臨時要求加班。穿制服反而不是問題。銀姐一生穿慣白衣黑褲，對制服暗示的身分認同無感，反而覺得主人家提供工作服，省下了自家衣物的消耗。她主要還是鍾意這家人口簡單，就兩夫妻和兩隻貓。見工雙方感覺合適，當天就走馬上任。

銀姐十四歲父母雙亡後投靠替人幫傭的親戚，梳起辮子當了女傭。家務工環境單純，又有年長親戚同工照應，她的鄉音三十年不改，廣州官話聽人說起來很自自然，自己舌頭笨，講的「麻麻地」。她在這家「上海人」家裡做工轉眼一年，和東家語言半通不通，從來沒聊過閒天；對這對早已分房的中年夫婦所知有限。替他們餵那兩隻尊貴的暹羅貓時，卻常遐想，感覺這麼好看的兩個人沒有生下一男半女，有點為他們可惜。

「咪咪食著沒？」很少和她講話的女主人偶爾也會回應她「太太返來啦」的招呼語，不過也就問問：「貓餵了嗎？」

貓嬌貴，天天吃魚茸拌飯，主人夫妻倒很少在家吃，即使在家，吃的也很簡單。太太教會銀姐一道上海菜，黃花魚紅燒肉。對銀姐的廣東鼻子而言，醃漬在瓶子裡的黃花魚連聞起來都鹹得要人命。這樣一道不甚講究的菜燒一次以後，端進端出，兩夫婦就著泡飯可以吃上好多頓。穿著制服的銀姐多半時間還都花在貓身上；每天煮了鮮魚之後剔刺，跟從前那家，閒下來工人們要挑揀燕窩裡的雜質一樣，是細活。

「人食鹹魚，貓食蒸魚……」銀姐每天下工前要清理貓砂帶出去。她手上忙著，心裡暗自訕笑這家人不懂得吃魚。

像皇族一樣被人伺候著的兩隻貓，名字倒很普通，就叫大咪、小咪，表示複數的時候統稱為「咪咪」。

咪咪跟人不親；很少像一般家貓那樣在人腳邊磨蹭，反而常像叢林裡的豹子一樣，盤踞在櫥櫃頂一類的制高點上，看似懶洋洋不動聲色，可是只要屋裡一有動靜，哪怕只是飛進來一隻小蟲，綠寶石一樣的眼睛就凌厲地掃過去。

牠們細瞇著眼睛盯住已經走到門口的銀姐。銀姐一面開門，一面說：「老爺，走啦！」又提高嗓門，對著內屋高喊：「太太，走啦！」

主人早上就告訴過她今天不在家吃晚飯，可是太太回家關進屋裡以後沒再出來，銀姐感覺夫妻倆好像沒做出門的準備。不過這些都不關她的事，多問只有多麻煩，就如常提著貓砂出門傾倒，準點去趕小巴。

舜蒂在自己房裡開著窗戶抽菸。她站在長窗前，左手橫過腰際托著另手的肘，舉在腮邊的右手翹著蓮花指，單用大、食、中三指捏著長長的象牙菸嘴；說是吸菸，更像是擎著一炷香。菸快燒盡了，一點紅星上飄著幾縷白煙。

背山而建的小洋樓基地不大，後院只有擋土牆，小小前院也就百來呎，所幸建在山坡上，向街的房間都有景觀窗，望出去視野尚佳。窗前的舜蒂眼神放空，焦點不知聚於何處。穿著便裝走下斜坡的銀姐，腳步匆匆，瞬間把靜止的街景變成了動畫，也沒讓舜蒂回神。

如果銀姐這時回頭仰望，就會看見換穿了紫色織錦睡袍的東家太太，像張照片一樣地釘在白色的窗框裡。

剛搬進這屋的時候，舜蒂就喜歡站在窗口遠眺。慶吾有時會從背後攬住還算新婚的妻子，與她耳鬢廝磨。那個時候從這窗望出去，看得到的可不只有一條下坡路和山腳下幾棟正在大興土木的高樓。那時在這小樓的窗前極目還能遠眺，入眼的盡是青坡綠樹、高天遠雲；早上迎晨曦、傍晚送彩霞，晚上還有萬家燈火。

「位在半山」、「獨棟有景」的小洋樓，當初全賴女主人對丈夫軟磨硬求才成事。這樣一處產業自然夠不上舜蒂心裡的婚房等級，房子地段雖好，卻不夠大、主要只是離大姊家不遠。在殖民地真正的「山頂豪宅」當時對華人買家而言還是可望不可即的年代，這個地點得列「可以住」的房子了。

「還可以。」被舜蒂當成娘家的陸家裡這麼說。

拍板決定之前，舜蒂請大姊和姊夫來幫眼；妹妹們喊「篤阿姊」的金蘭熹眉眼似顰非顰，嘴角似笑非笑，淡然道：「兩個人嘛，還可以住！」舜蒂聽見，這才放下心頭一塊大石，感覺難中在香港草草張羅的這個家算得到了娘家認證，稍微彌補了自己耽誤到三十歲才結婚的委屈。

「你阿姊啥事體都『還可以』，你姊夫一日到夜講『閒話一句』！」後來夫妻幾次為了這個房產上的錯誤投資決定起齟齬，平時不響的慶吾也會反擊：「曉得否？在我們那裡，可以就是差勁，閒話就是廢話！」

舜蒂對空翻個白眼，心裡暗罵烏肚雞腸、滬語發音不正的丈夫：鄉下人！她後來當然也後悔，當初應該留著唐樓；地點好，基地大。老士房子雖不好住，倒也不需要忍耐多久，整條街就成了精華區中的精華。改建大樓以後，他們晉身中環商廈的包租公婆，每個月坐收豐厚進帳，哪怕不回家鄉也永世不愁。

可是人生在世，如果天天只想著以後的日子怎麼過？那今朝還過不過了？夫妻吵架的時候，舜蒂會把這些道理一遍遍拿出來講；除了說服丈夫，也是安慰自己。她警告丈夫，一個真正的上海人，絕對不會拿離鄉背井當藉口就窩囊度日。人生凡事將就，那親戚朋友還要不要來往？體面還要不要維持？結了婚他們就是一家人了，她要搬家不也都是為了替她嫁的人家做面子？

「你以為自己蠻有學問嘎？」慶吾嗤之以鼻，不屑地道：「今朝有酒今朝醉一句老言話，被你講成了啥麼大道理一樣！」

按照舜蒂一向的脾氣，聽見人家講話口氣稍有不遜，當場就要搶白。不知道是年紀大了，涵養漸長，還是已為人婦日久，對「人老珠黃」這個成語有了更深刻的認識，雖然還是把不高興秒擺上臉，表示已被得罪，幾句傷人的刻薄話也能及時硬吞回去了。

現在只無聲叨念的「鄉下人」一詞，本來是以前和慶吾吵架，舜蒂不假思索脫口而出的開場白。這句是她男人的死穴，她曉得只要一喊出來，對手立馬崩潰，好用得很。可是必殺技使多了，回回得手，一張口就將軍，鹿死誰手一點懸疑都沒有，讓她感到勝之不武。

而且慶吾的反應今昔有別，以前言語交鋒，她輕描淡寫幾句，能激得平時不大響的男人吱吱跳，連從來不在人面前說的家鄉土話都逼得出來。可是慢慢地，不堪一擊的對手改變了策略，從一言不發到憤然離開現場，最後還玩兒失蹤。這一切在舜蒂這個勝利者的眼裡，雖然只是講不過了就跑的敗相，獨守空房卻不是她所追求的戰果。

尤其可恨的是，常常讓老婆窒得無話可回的男人事後已然不再涎臉求和，只用拖延時間來淡化爭端。夫妻之間的小日子，也就居然在大大小小的衝突後，一次次自動自發地回歸軌道，如他所願！

舜蒂豈能吃這個悶虧？居家日子細水長流，她就不依不饒，一方面拉長冷戰戰線，一方面逮到機會就翻開舊帳，重燃戰火，爭取在每次的口舌之爭中保住上風。

結婚七年後的某日，兩人又為家庭瑣事產生歧見，丈夫再度未待言語分出勝負就拍屁股走人，舜蒂憤而找來鎖匠在主臥房門上加裝暗鎖，晚上不得其門而入的慶吾那次沒有大吵大鬧，只站在門口冷笑了兩聲，從此搬到頂層閣樓的客人房獨眠。

兩人成了同屋不同房的室友，各自上下樓梯、關起房門就能停止交集。孤掌難鳴，熱吵的機會明顯降低，冷戰也不彰顯，家裡安靜許多，可是這並不代表舜蒂少生丈夫的氣了。

「伊氣我呀！」舜蒂常常拉著姊姊訴苦，「陰陽怪氣比吵相罵還觸氣！」

「儂自家作天作地！」姊姊反而怪妹妹喜歡找麻煩，還勸她消停些：「居家過日子，總歸要太平點——」

「篤阿姊，」舜蒂打斷大姊，撒嬌地說：「儂妹妹嫁的差！」

「十三點！老夫老妻了有意思否？」姊姊蹙眉輕斥，假裝不懂妹妹只是貌似開玩笑，實則吐心聲。她偏頭想了想，淡然補上一句：「現在講嫁的差，忒晏啦！」

是呀，太遲了！姻緣一誤再誤，等到逃難他鄉，摽梅早過。草率下嫁，轉眼人到中年，寶貴的青春已經蹉跎殆盡，嫁得不好也無法重來啦。

「就這樣老了嗎？」舜蒂追悔著失去的青春。現在除了這個有名無實的婚姻，她還有什麼？——沒有愛人、沒有孩子、甚至沒有她所希望的足夠的錢。餘生只是困在英國人當家的島上，坐等衰亡？

幾年前親友相聚，大家還都相互打氣：「等回上海以後就好了。」也不曉得從什麼時候開始，身邊不再聽人提起這個話頭。舜蒂想：親友圈內人人已經都當他鄉是故鄉，那麼外面世界的人呢？大家都不再想回家了嗎？

日復一日、年復一年，即使昔日已遠，上海人積習使然，只要溫飽不是問題，那麼社交就必須繼續。當年滬上歐美租界，今日港島女王領土，哪怕陣地轉移，人和人只要通得了聲氣，攀得上關係，舊友牽新知，自然成幫，時相酬酢。有錢就跑「波」（ballroom）炫耀行頭，小資就親友宴會餐聚，正式的、家常的，派對不能停。在舜蒂的生活圈子裡，社交就是存在感，如果某人不再收到邀請，等於從人間除名。

大人打牌吃酒，邊上為下一代另開的「小人桌」越坐越壯大，和父母一起離開家鄉的已經長成青少年，在香港出生的也從襁褓到幼童，年輕一代相互之間用粵語交流，講滬語的大人漸漸兩鬢飛霜，隨著歲月更替，從中壯步入初老。

歡慶五十大壽的金家大姊夫陸永棠，百無禁忌地對親友誇耀自己高瞻遠矚，先前購入的大片墓地，短時間翻倍：「吾才買了多少辰光？現在墳地價錢不要太大啊！」

無論置身何時何地，他們這個圈子都無條件地崇拜經濟角力場上的勝利者。可是一片讚歎聲中，也有人半真半假地表達「不開心」，用酸溜溜的語氣，既奉承又抱怨地說：自己悶聲發大財，不找親友一起來投資，難道還怕肥水落入外人田？

「尋儂？儂不要罵吾不討彩頭啊！」陸永棠哈哈大笑。生意人有錢賺，不在乎吉利與否，何況永棠真心認為返鄉無期，反正資本額不高，買了丟著，最壞還能自用，「吾買給自家的，吾屋裡廂子女多、太太姊妹親戚也多——」

「人來瘋！」蘭熹聲音不高卻字字清晰地罵了一句，精準地打斷了丈夫的口沒遮攔。

「篤姊夫是孫悟空，我阿姊就是阿彌陀佛，伊跑不出伊的五指山。」通常宴會之後的二十四小時之內都是回味時間；舜蒂到家換了衣裳又步出房間找丈夫說話。其實夫妻話不投機，要不是有正經事想談，舜蒂已經很少把丈夫當成談話對象了。

慶吾輕輕溜她一眼，帶著一絲不耐打斷舜蒂的開場白：「有事題？講！」

從前兩人出去打完十六圈麻將，回家可以開幾小時的追悼會，也不知道從何時開始，慶吾真怕妻子開口。相處經驗讓他覺得，這個女人講什麼都可能是個陷阱，例如，她也許是故意錯講「阿彌陀佛」，等他出言糾正，她好借題發揮，找他吵架。

「現在房子價錮是勿得了啦，今朝聽篤姊夫講了否？伊講墳地還是可以買的。」如果不是家庭經濟的題目需要共同磋商，舜蒂還真不想好聲好氣了。她小心地探著丈夫口氣：「本錢倒是不大，就是有點觸霉頭。」

慶吾聞言半天不響，舜蒂被冷落到火氣都來了，他卻又開口道：「啥觸霉頭？你姊夫有錢賺，面子不是不要緊了！」

這話舜蒂只覺不順耳，完全沒想到丈夫費時長考，是認真思考她提案的表現，回答的重點更在第一個反問句，意為：「何來不吉利的顧慮！」。「姊夫面子」云云都是可以忽略的語助詞。

舜蒂把嘴一撇，立刻偏離主題，出言譏誚：「哎喲，儂有啥要緊面子啦？」

慶吾一見舜蒂撇嘴，知道要吵，趕緊先發制人，大歎一聲，以蓋過舜蒂的高聲道：「唉——連他這樣的人也曉得我們要死在此地了吧！」

舜蒂啐一大口：「嗎！要死儂自家死——」

未待她說完整句惡言，丈夫快閃，行動如風地從起居間瞬間消失。

「咚咚咚咚——」舜蒂清楚聽見男人一路小跑上到頂樓客房的腳步聲。

不忿獨留空室，舜蒂呆立數秒後怒極追出，幾步就搶到樓梯間。可就這一會兒工夫，烏木階梯已經隨著關門聲重歸沉寂。原先不知躲在哪兒的兩隻咪咪被驚動，一先一後躍上樓梯扶手，又雙雙倏地僵化不動，冷眼掃過人世紛爭。

先機一失，舜蒂的滿腔怒火忽然化作無名傷悲。她一反常態，沒有對空望門破口大罵，反而垂下眼皮，默默歎了口氣，放輕步子走回自己屋裡，頹然坐在床沿。一眼看見床頭櫃上，銀姐下工前替她擺上的開水和藥，就拿起來吃了。她剛滿四十就有早發更年期的症狀，醫生問她還想不想嘗試要孩子？不要的話讓她吃維他命，還想試試，就吃有副作用的荷爾蒙藥劑。舜蒂選擇吃藥，可是她跟丈夫連話都不能坐下好好講了。這張大床上另一邊的床單平整，如果不換花樣，枕頭套永遠只需要換洗一只。

舜蒂拉過那只很久沒有人用過的枕頭抱在懷中，低下頭無聲啜泣，漸至埋首枕中，放肆大哭，不能自已。

都說舜蒂不愛哭。金家七姊妹，家裡上下公認老六舜蒂除了話多這點不一樣，長相、性子各方面都像大姊蘭熹。尤其脾氣，她們都是目標明確，勇於實踐，想到就做的「度爾」（Doer）。如果出生時代男女平權，追求好姻緣不是女人的最佳出路，有她們姊妹那份心思和毅力，足夠可以參加革命、改革社會了。

當時去古未遠，中國社會對女人的要求，基本不出三從四德。別具慧眼，有不同審美觀的男同胞是鳳毛麟角。在國外長大的大姊夫陸永棠就是難得的典範。他對異性除了外貌，還懂欣賞頭腦和個性，起碼表面上看起來，從不排斥女性的自我意志和追求。

永棠中文雖然流利，受到生長環境影響，漢語也有詞窮之時，微妙處表達要以英語輔助；他曾幾度指著姊妹倆說：「儂金家的小姐都是Goal getters。」

蘭熹懷疑丈夫說這話不是恭維，不開心地跟妹妹抱怨：你姊夫臭美，他老以為從前我多想嫁給他！

舜蒂聽說卻只一哂，感覺這筆陳年舊帳是姊姊多心。蘭熹瞞小五歲才覓得如意郎君在娘家不是祕密，婚後丈夫曉不曉得老婆的真實年齡，從來沒人敢向男方求證，難說永棠會知道自己比妻子年輕好幾歲。

而且年齡根本不是重點！舜蒂歸結自身經驗，深信男女之間「一個巴掌拍不響」，妹有意絕對不夠。無論大姊夫永棠「Goal getter」的評論有沒有譏諷她們姊妹「為達目的不擇手段」的意思，只要郎無情，女的哪怕豁出性命，追到天涯海角，還是要落個「水底撈月」一場空！這是她一生追愛，摔了大筋斗之後的總結。

舜蒂的兩性教育由帶大她的奶媽啟蒙，奶媽帶著小舜蒂聽紹興戲，告訴她「男想女，隔層山，女想男，隔層紗」。戲文裡的感情多數順理成章；都是才子佳人，因果有報；比許多舜蒂長大後才看過的外國小說歡愉圓滿。讀洋學堂的少女，早已不和落伍的奶媽親近了，卻不曉得自己從五歲起就在等待她的狀元郎，為她贏來鳳冠霞帔，一如地球另一端的女孩，終身等待白馬王子，獻上那個打破一切詛咒的真情之吻。

太平洋戰爭爆發那年春節過後，學校復課未久，高一生舜蒂就扳起手指頭盤算著離暑假還有幾天？洋修女校長忽然召集全體師生操場集合，哽咽宣布永久停課。回家路上舜蒂有點高興，說這下不必等就放假了。讀同校，長她兩歲的五姊舜菲，卻為學校關門拿不到文憑，回去躲在房裡哭了幾天。

地處法租界的金府占地甚廣，從這邊馬路通到那邊弄堂，整個街角都是他家。金八爺為姨太太修的院子也自面街，另立門戶，可是共一個花園；兩邊傭人、孩子穿堂走戶，好不自由；外觀西式的花園洋房蘊含四合院精神，內裡還是個熱鬧的中國大家庭。當家人就是舜蒂媽媽，金八奶奶。

八奶奶這個當家人不容易，家大業大、內外兼顧，嫁進金家養了四女一男鞏固地位不說，應酬打麻將更是不能稍停的生活必須。媽媽忙，兒女的家庭教育只抓大方向，細節交付老媽子和各人天命。像五丫頭舜菲那樣愛傷心的，關起門哭幾天沒人攔著，像六媛舜蒂那樣愛美貪玩的，失了學校修女管束，沒幾天就燙捲了頭髮，抹上唇膏，穿上跳舞裙子，成了Party Queen（社交女王）。

惡鄰入侵，日寇殘暴，天地不仁，家國受難。上海租界雖然民生不能自外於局勢動盪，機關衙門升起的還是歐美列強旗，一時之間得免日軍摧殘。

隨著抗日戰事吃緊，到租界避禍的外地人越來越多，本地人如果善經營，因緣際會還大發國難財，活得比戰前更加滋潤。殖民地上的居民一向華洋有別，貧富懸殊，宗教政治各有所宗；在租界避禍的前朝遺老，三十年後講起共和國還是「造反亂黨」，遙奉溥儀是皇帝，相信滿洲國的老糊塗不在少數。

遺老們的後代生於租界長於租界，上外國人辦的學校，接受殖民教育，對「市民」身分認同先於「國民」，不可取卻並不奇怪；起碼比臺灣光復七十年後還有頭腦不清的追懷殖民帝國不讓人費解。當然租界居民反抗日本侵略，有強烈愛國心的人更多，只是像舜蒂一幫，學校既然停課，天天都是假期，呼朋引伴，學著大人跳舞打牌，勤於跑「趴」（Party），不知今夕何夕的也大有人在。

「哪能哪裡都碰到儂啊？」舜蒂在舞池裡玩換舞伴，一轉身被個高大的帥哥攬住，臉上就笑開了花。

舞林高手雙手一舉一放，把女伴滴溜溜轉個圈，換手回拖時攬得更緊了一點。踩著拍子，年輕男人順勢彎腰低頭，湊近舜蒂耳邊輕笑道：「巧吧？」

他叫程子傑，祖父母家就在金府同條馬路上，跟舜蒂二姊同年兼同窗，小時候常常在金家串門玩耍，上下都混得很熟。後來子傑跟著遊宦的父親去北方讀完中學，因為時局以及代親侍奉祖父母的緣故，回上海考大學。南北遷徙耽誤了學業，二十二歲了大學還沒畢業。前幾年舜蒂二姊舜菁逃婚離家，同學們被懷疑幫凶助惡，金八奶奶再不許老二的昔日同學上門，舊友星散。子傑當時人不在上海，沒列入相關的黑名單，回來之後還是金家親故的往來戶。以前舜蒂只在正式的喜宴、壽宴裡看到他陪著祖父母出席，最近卻常見子傑出現在他們這幫二世祖吃喝玩樂的場合裡。

「你二姊有消息嗎？」子傑問舜蒂。

舜蒂做個怪相，表示不知道。社交圈裡傳說金家二媛離家出走後加入了共產黨，她的名字，大家心照不宣，沒人願意提起；家裡姊妹多，舜蒂跟大了四、五歲，中間還隔著幾個姊妹的二姊也不親近，一點消息都沒聽說過。

舜蒂另起話頭，關心地問：「你學校也停課嗎？從前你都不跟我們玩。」

「你五姊呢？」子傑把舞伴又轉一個圈，閒閒再問。舜蒂的五姊舜菲，前不久跟個外地人訂親之後跟未婚夫去了重慶，打算復學。「她考上哪個學校？」

「你老問我姊姊做啥？」舜蒂不開心了，借著舞步飆開一撒手，正要換個舞伴，子傑腳下滑一大步，伸手作梗，把她搶回身邊。

「跑啥？不要跑，跟著我就好了。」子傑開玩笑，「沒發覺今朝這裡其他人都配不上六小姐嗎？」

舜蒂瞟一眼子傑俊美的臉龐，看見他彎彎像月亮的眼睛帶著調侃的意味笑望自己。她勇敢地直視對方眼眸，大膽回應道：「發覺啦，發覺就你配得上呀。」

子傑猛不丁被回吃一記豆腐，驚覺小女孩長大了。他感覺自己臉上的微笑因為嘲弄而加深，卻不懂手心為什麼忽然對握了許久的柔軟腰身有感起來？

子傑扶著舜蒂纖腰的手掌溫度逐漸上升，眼睛落在舞伴豐滿的紅唇上也再挪不開。望著眼前微微開啟，似嗔似笑，塗滿豔麗唇膏的兩片嘴唇。子傑喉結一動，吞了一口不存在的口水。他在心中驚疑自問：這還是以前那個大嘴小丫頭嗎？

一曲既終，音樂暫停，舞池裡的雙雙對對輕輕拍掌，優雅散夥。子傑沒放手，舜蒂挑挑眉，斜睨舞伴，看見子傑不笑的眼睛從彎月變成了滿月，亮得讓舜蒂想都沒想就陪他立定在原地了。

舞曲再度響起，快步華爾滋換成了慢藍調。子傑感覺掌中少女的細腰跟著節拍，像水蛇般蠕動起來。他摟著那恍若無骨的腰肢，明明什麼都沒想卻心亂如麻。低沉的貝司漸漸和心跳形成共鳴；他們不再如同剛才那樣你來我往地想招鬥嘴，專心共舞的兩人之間只剩下呢喃情話一樣的音樂流淌。子傑無意識地在每一個帶轉的進步，向舞伴的臉頰再貼近了一公分。

次日早上醒來，子傑洗了把臉，整個人回過神，這才想起舞會近尾聲時，在幽暗無人角落發生之事。第一時間他腦中閃過的不是終於親吻到誘惑了他整晚的紅唇有多甜蜜，反而是「要死了！」

如果對方身分不同，子傑「闖禍」之後的第一選擇應該是「消失」。可是作為一個男子漢，面對的不是交際花，是情同自己妹妹的淑女，他不能沒有擔當。懊惱不已的子傑拖延了數日，最後還是像個紳士一樣地勇敢面對，親自登門拜訪。

傭人都延請他到客廳等候了，子傑還懷抱希望，幻想高高在上的金六小姐會因為感覺受到輕慢，見面搧他一耳刮子報復舞會當日的冒犯，那他就會撫著發燙的臉頰，低頭慚愧離去，然後從此兩清，一切回到原點。

奈何天未從人願。小姑娘看見早該出現，卻姍姍來遲的伊人，不但沒打沒罵，還沒隱瞞相思之苦。最讓子傑難以招架的是，笑盈盈出迎的美少女毫無避忌的一把挽住他，完全不想自己的酥胸這就似有似無地碰觸到了年輕男子的臂膀。只聽她愛嬌地道：「子傑哥哥，今天才來！你不曉得人家會的想你啊？等下跟我們一起去看電影，三姊不去，我們有多的票子！」

大夥人一起出遊的問題是：散會的時候總要面臨落單，男女關係發展的問題是：一旦親密流程啟動就難以回頭。

子傑自從和舜蒂玩在一起之後，養成了每晚臨睡前自省的習慣，他在心裡把每一個和舜蒂單獨相處的細節都梳理到，要不是存心找茬，簡直有點回味無窮的意思了。最後他做個累進統計：第二次到第四次接吻，都是十七歲的舜蒂主動親了他。

刻意剔除生理上「無法抵擋年輕女性魅力」，以及心理上「確實蠻喜歡活潑小丫頭」的兩個重要因素，子傑覺得自己跟同學妹妹還沒開始正式約會，就成了朋友圈裡公開的一對可說是迫於形勢。這要怪只能怪他們的社交圈重疊性太高。很快竟連長輩也都知道了「小倆口」的事情。這天一個跟兩邊家庭都有交情的親友過訪程府，竟然當著他祖父的面問子傑：「聽講金家六媛是你未婚妻呀？」

子傑忙不迭的否認，心裡的OS從最早那個「要死了！」（糟糕！）瞬間成了「吾哪能跑脫呐？」（怎麼脫身啊？）

子傑去大後方的決定卻不是臨時起意。最起碼，他從沒想用「離開上海」來當成擺脫感情糾纏的辦法。他告訴自己：該來的總是要來，該說的總是要說。

「本來幾個月前就要跑，」子傑對交往了三個月的女朋友再三強調，一切都是既定的團體行動：「大家一起上路可以互相照顧。不過人多事也多，弄得等來等去的。現在不等了。幾個人要快點的，決定先走一步。我早就跟在西南聯大的高中同學約了去考飛行員。」

舜蒂對子傑的重大宣布從震驚到表示疑問重重。子傑卻跳過女友那些「怎麼今朝才講出來？」、「你跑了我哪能辦？」、「啥辰光回來？」的無聊提問，直接進入國際情勢分析。

子傑嚴肅地告訴舜蒂：雖然戰果慘烈，開戰以來中國一直屈居下風，其實敵人也已陷入泥沼，日本侵略初期打的算盤，想速戰速決的戰略完全失靈。戰爭的殘酷、國際的現實，終於讓從九一八事變以來中國孤軍抗日的局面改變，以美國為首的歐美國家跟日本關係逐漸惡化，一旦日本跟同盟國正式決裂，上海租界立刻不保，這裡像窗戶紙一樣單薄的表面太平就要捅破了。

「仗要打到自家門口了，到那辰光誰能像現在這樣，過日子的過日子、白相的白相？覆巢之下無完卵，你曉得的吧？」子傑慷慨激昂，握緊拳頭，曉以大義。談完天下大勢，開始自我表態；他憤聲對舜蒂道：「自己人不爭氣，小日本才敢欺負我們！中國一定要有人不怕死！我就不怕！我們的空軍不靈，我要當飛行員，把小日本飛機打下來！」

一時是星星、一時是月亮的好看眼睛瞪成了銅鈴；一時扶在腰際、一時摸上臉龐的溫柔雙手激動成了指揮棒，男人熱情的敘述完全無涉情愛，個人的未來甚至充滿死亡威脅。可是這都沒嚇退情竇初開的小姑娘。舜蒂癡癡傻傻，眼神迷濛，心中愛意澎湃得比那天晚上獻出初吻時還洶湧。

原先子傑讓舜蒂著迷的，不過是本色的英俊風趣。像植物到了春天，動物到了求偶期；男孩女孩長大了、對異性有心思了，「知好色」而「慕少艾」，再加上舜蒂本身個性大膽，順理成章引出好奇掛帥的定情熱吻。這之後感情迅速發展，舜蒂意欲委以終身，就要加上子傑的客觀條件，讓金六小姐一下就認定是個值得拿下的夫婿候選人。

舜蒂很滿意自己挑的人，更滿意他們的婚前交往形式；相比封建時期的盲婚啞嫁，和同代女同胞的被動，絕對高了不止一個臺階；既符合老媽子講給小舜蒂聽的才子佳人故事，也不悖洋教師要小朋友讀的公主王子童話。可是男主角忽然宣告抽身，讓少女美夢幻滅，好事眼看破局。舜蒂再有手段，再祈求圓滿，下一步也只能痛罵負心，毅然決裂。

金家七仙女中公認最潑辣敢言的舜蒂，呆望著來攤牌的男人，心中感受到前所未曾經歷的委屈，口裡卻吐不出惡聲。

愛國青年程子傑自顧自抒發完各種沒有大我豈有小我的高見之後，情緒逐漸平復。這才注意到舜蒂沉默未語，沒有抗辯。他卸下心中塊壘，又喜見小女友的反應竟是乖巧聽話，身心立即放鬆，恢復略帶輕薄的調皮本性，半真半假地吐露心聲：

「蒂蒂啊，你那麼年輕漂亮，嫁給飛行員要當寡婦的，我哪能捨得？」

舜蒂雖是初嘗戀愛滋味卻也不傻，聞言心裡一酸，心知肚明男人嘴裡說捨不得，終究是來分手的。

可是理該被她大罵無賴的子傑在這一刻，除了好看的外表、匹配的家世，又多出了一種舜蒂不解的魅力，牽絆住她，讓她失去理智，脫不了身。剛才那個夸夸其談、置生死於度外的英雄，眼裡顯然看不見女人的纖腰和紅唇，也明言心中只有天下和蒼生。就在那幾分鐘之內，一些「不知何物」的神祕元素加入了她的求偶方程式，啟動少女大腦內部複雜變化；舜蒂被紹興戲啟蒙的愛情，瞬間上升到「直教生死相許」。

舜蒂拋卻淑女矜持，轉身緊緊抱住子傑腰身，把臉埋進他的胸膛。子傑心中一動，順勢低頭吻了她的頭髮，胡亂道：「如果不打仗……，真的歡喜你……，你那麼年輕，不能讓你當寡婦……」

「如果我二十歲的生日你不來，我會去尋你。」舜蒂忍悲打斷情郎。胸口心臟的位置扎扎實實地絞痛了起來。子傑未置可否。誰曉得到那時候，他這個人還在不在人世間？

子傑離開上海沒有多久，日本就偷襲了珍珠港。兩天後，十二月九日，大批日軍開進租界，英國領事館當天降下了從一八四五年起就飄揚在上海灘上的米字旗。在租界昂首闊步了近百年的歐美白人，只剩下德意志人還挺著腰桿，其他的和華人一起成了喪家之犬。

上海全面淪陷，青年學生不願意接受日本統治，不顧管制森嚴，冒險流亡大後方的更多了。舜蒂沒有一天忘記三年之約，好不容易熬過了十九歲生日，更加思念遠方那人。正在她為相思所苦到達高峰時，聽說熟人圈裡有人要去大後方，無需細想她就決定了。她以去後方升學為名，和年紀相仿的四男三女組隊結伴，踏上征途。

他們一行七人，平均年齡二十歲，相互之間敘起來盤根錯節、沾親帶故，雖然明知前途險阻，但是年輕氣盛，有伴膽壯，出發頭幾天興致高得像郊遊一樣。直到在隊友杭州親戚家裡等了十天，還找不到機會渡過錢塘江，如願離開江這邊的淪陷區到達對岸的國統區，一夥人才發現旅途遠比預料的困難。

「日本人看得很緊，昨天夜裡有條帶學生的船，被日本人一陣掃射，翻到江裡連屍首都找不到。」出去雇船的隊友帶回壞消息，「加錢也沒有船肯帶人過去。」

隊伍裡的四個男孩都要去內地升學；三個女生除了學業，更主要的動機是為愛走千里。除了舜蒂有點妾身未明，對外說到重慶去投靠五姊、五姊夫，另外兩個女孩都有訂過親的未婚夫在四川等她們。

哪怕士氣受了打擊，幾個年輕人商量以後，不甘心到了這裡白等那麼多天，一致決議，無論多危險，都要把既定的路線繼續下去。

「大家都說不能調頭回去！過得去就過，過不去就死！」舜蒂跟子傑重逢後，講起長達五個月流亡的痛苦和驚險，餘悸猶存。

她和同伴在杭州就滯留了近二十天。好不容易才雇到一條不起眼的小船，趁夜冒險偷渡。船到桐廬後他們改走陸路。小地方交通不便，管你在上海是小姐還是少爺，到了鄉下都只能靠自己的兩條腿。同伴個個都磨破了腳再磨破鞋，苦難逼出潛能，趕路的時候，金六小姐舜蒂曾經一天步行上百華里。

一路跋山涉水，到了廣東以後有火車搭了，可是班次有限，不但擠得水泄不通，還時走時停，何時停靠哪站竟沒一個準。從廣東韶關到廣西桂林，他們在臭氣熏天的車廂裡擠了好幾天，吃喝拉撒睡都在座上，內急要靠同伴遮掩解手。所幸到廣西後，公路交通相較順暢，車子能到的點多，車和旅客也多，舜蒂一停下來就打聽有沒有人去昆明？

「曉得你早畢業了。我就想，到昆明尋空軍官校不難，那裡一定有人曉得你在哪裡。假如我跟他們跑去四川，就沒辦法尋到你了。」艱巨的旅程讓驕縱的少女成長。在大後方的茫茫人海中，竟然如此順利找到自己的心上人，舜蒂從上帝謝到菩薩，感覺人生苦難已成過去。她想子傑一定也會為自己沒去重慶找五姊，直接來到昆明的明智決定感到高興。

「難為你了。」重逢後比兩年前沉默的子傑，用一句話替舜蒂近半年的流亡大冒險加了個平淡的注腳。

昆明市內旅館緊張，子傑把舜蒂安頓在一個透過熟人介紹，類似女子宿舍的短租民宅裡。這裡有通鋪大間，也有放了上下鋪位的二人、四人房，廚浴公用，寢區還掛了塊「男賓止步」的小牌子，是個簡單乾淨的正經地方。剛好有個二人房下鋪空出來給舜蒂，算是先替她解決了住宿問題。

「好好休息幾天。等我休假了帶你到處轉轉，滇池那邊風景還是可以的。」子傑出現當日陪了舜蒂一整天；幫她接洽住所，聽她說話，帶她採買日用品，連躲空襲時往哪跑的路線都領她走了一遍。雖然遠不如舜蒂期盼的熱情洋溢，態度卻很成熟負責。道別的時候，人都走到門口了，又回頭鄭重叮囑道：「我假設有事了，來不了，會的要別人來跟你講一聲的。」

子傑走了兩天，舜蒂就開始心慌。這宿舍也就板子隔開的幾間房，三十出頭的女房東帶著個三、四歲的女兒住一個單間，其他十幾個房客也都是年輕女人。早晨用上乾淨水刷牙洗臉，晚上在沒有臭蟲的床上睡了安穩覺，旅途上的可怕記憶逐漸散去，舜蒂上海小姐回魂。可即使她端著城裡人的架子，不怎麼跟那些南腔北調的鄰居說話，隔壁淒厲的哭聲還是聲聲震耳。

好奇心讓舜蒂放下身段跟同房搭起訕，這才聽說這裡的女人都是千里跋涉到大後方來尋夫的現代孟姜女；她們冒險犯難，為愛走天涯，卻未必盼來圓滿結局。像房東大姊雖是雲南本地人，也是從娘家騰衝攜女尋夫才來到昆明，可是丈夫在妻小來之前的一次大轟炸後「失蹤」，沒有見屍她不信丈夫遭難，只擔心丈夫回來找不到娘倆，就守住丈夫店鋪原址，改經營起專收外地女客的短期宿舍。這裡住了幾個女人就有幾個戰爭時期的愛情故事。這兩天不絕於耳的哭聲，來自南京小姐趙麗琴，她歷經千辛萬苦找到未婚夫，卻被對方要求解除婚約，在那裡自傷飄零。

「重慶那邊這樣的更多，有來找丈夫的，也有來找未婚夫的。」同房的很幸運，已經聯繫上跟著工作單位遷移到後方的丈夫，可是一時半會兩口子沒辦法團聚，暫時住在這裡，「房子借到就搬。都說我們這間房風水好，住進來的人心想事成，最後都是被自己要找的人接走的。欸，那天我看到你男人了，長的好精神！是你丈夫還是未婚夫？」

「跟我同房那位沈太太，問你是我丈夫還是未婚夫？」舜蒂向子傑轉述旁人對她的疑問。

十天後再訪舜蒂的子傑聞言，嘴角揚了一下，說：「全中國的三姑六婆齊到昆明來了。」

舜蒂旁敲側擊，自然是想子傑親口說出「未婚夫」三個字。沒聽見標準答案，她有點小小失望，可是哪怕目的未達，聽見子傑譏誚室友的風涼話，還是笑了。兩人在上海短暫交往時，她就最為子傑的幽默機敏所傾倒。任子傑如何胡扯，換人聽來可能是輕言薄語，可從心上人嘴裡說出來，卻句句都戳中舜蒂笑點，把她樂的花枝亂顫。然而重逢後的子傑不但樣貌比從前清瘦黝黑，人少言寡語，神態也落落寡歡，這之前，一句俏皮點的話都沒說過。

昆明春城之名不虛傳，舜蒂到後天天風和日麗。十來天後子傑如約而至，還開了一輛單位上借來的吉普車載美出遊，舜蒂自然是心花怒放。

有車方便，幾個小時他們就把昆明轉了一圈，最後落座在滇池旁邊的露天茶座上等看落日餘暉。舜蒂喜笑盈盈地坐在情郎身邊。綠樹藍天，微風起浪，偌大滇池望不到邊際，幾艘顏色污濁的矮棚船水上擺蕩；尋常風景此刻在舜蒂眼中遠勝西湖；她感覺自己走了大半個中國，躲過日本人的機關槍、突破國統區的重重關卡、把腳上走起水泡、衣服穿出鹽晶，就是為了這麼一個和風藹日，和子傑並肩而遊的下午。

灰灰黑黑的小船搖近岸邊，竟有遊人準備下船。隨著遊客鑽出船篷的動靜，小船大幅搖晃，兩個碧眼金髮的外國人扶著一個年輕女子，一面保持平衡，一面大聲嬉鬧，引人側目。舜蒂和子傑也隨眾望向三個嘻嘻哈哈，旁若無人的洋男華女。

「傑！嘿，傑！」哪知上了岸的洋人忽然老遠對著子傑兩個打起招呼。

子傑跟他們揮手致意，一面對舜蒂「你們認識？」的問題解答道：「十四航空隊的老美。新來的喜歡跟人打招呼。」他拉起舜蒂，對有可能走過來寒暄的外國熟人提高聲音，用英語說：「你們好好玩，我得走了。」

回到車上舜蒂還在自己琢磨：「那個女的哪能嘎面熟啊？」一會她想起來了：「就是我們宿舍裡那個南京來的，我跟你講過，我剛搬進去頭兩天，天天在那裡哭的……」

子傑不大耐煩地打斷她道：「如果沒搞錯，回去你少理她。她是『吉普女郎』。」

舜蒂笑道：「我現在坐吉普車上，我才是『吉普女郎』。」

子傑眉頭一皺，聲音嚴厲起來：「勿要瞎講！儂曉得『吉普女郎』是啥？」

舜蒂被子傑的惡聲攪得心裡火起，也沒了好氣：「啥？」

「專門陪洋人的交際花！不懂不要瞎講，好否？」子傑的聲音很難聽，忽然又改口說英語，道：「Grow up, will you?」（成熟點好吧？）

舜蒂沒聽清楚，卻一心認定子傑最後那句英語是在罵她。氣頭上當然不能問人幾個意思，就怒道：「我搬進去的時候，她還天天哭，她未婚夫是個陳世美，她還捨不得，怎麼幾天跟洋人遊湖就成了交際花？哪個曉得她不是出來散散心？」

「散散心？你跑到昆明來也是散散心？兒戲！」子傑也借題發揮。

千辛萬苦才重聚的兩人，竟然為個不相干的人認真吵起架來。

眼看快到女子宿舍了。舜蒂不甘兩人美好的一天結束在齟齬不斷的車程上。短短沉默後，她放低姿態問子傑：「下次放假是啥辰光？」

稍早已經表態要回隊上還車，不跟舜蒂一起吃晚飯的子傑把到點的車停了下來，目視前方，頭都沒轉一下，生硬地說：「已經聯絡上你五姊和五姊夫，你準備一下，我過兩天請好假送你去重慶。」

舜蒂一聽炸了，舉起手砰地在子傑肩膊上用力一捶，恨聲道：「你這個人！哪能這樣？重要的事題隨隨便便講出來！」

再會討女人歡心的男人，恐怕也搞不懂女人生氣的邏輯。子傑哪裡曉得電光石火之間，舜蒂話才出口之際，大腦已經自動加上當年男人突然宣告離滬的前帳。

女人手勁有限，肉厚的地方狠挨一拳也不算痛，不過舜蒂過激的反應卻讓子傑受到驚嚇，他本能地一閃，同時揮手自衛，旋即和舜蒂兩肘相交，恍如格鬥的起手式。子傑人瘦骨硬，情急之下，雖然意在自保卻忘了控制力道，舜蒂感覺肘上劇痛，上身被震得向窗外一彈。

「動手動腳做啥麼子！」子傑怒斥。

舜蒂正惱怒手肘被打痛了，竟又聽見子傑先發制人，還搶了她的詞，立刻氣得失去理智，瘋狂揮動兩隻手，對住子傑上半身亂拍，「動手動腳？自己動手動腳！講啥人動手動腳？」

男女熱戀時打鬧，男的讓女的在胸膛上拍幾下權當撒嬌，可是兩人之間不但濃情已遠，此時還正在論理。子傑怒啐一口：「嗟！」捉住舜蒂雙手，把人向椅內一推，自己翻身欺上前去，怒道：「你這個女人講不講道理的啊？」

舜蒂被壓制陷入車椅，那張朝思暮想的面孔近在眼前，好像嘴嘛高一點就可以吻上對方的下巴。然而她記憶中的彎眉笑眼，又瞪成了銅鈴，而且襯上黝黑瘦削的面龐、太陽穴旁爆出的青筋，柔情不再，只見猙獰，一下讓她聯想到的竟是，經過國統區時窮找他們流亡學生麻煩的卡哨上軍人。

舜蒂奮力掙脫，子傑同時放手。靜默雖只數秒，總是讓人難堪。子傑歎一口氣，道：「就算我當你自己妹妹，你也要講點道理！」

「自家妹妹？」舜蒂之怒一波未平一波再起，「你要不要面孔？你對妹妹都是這樣子的嗎？」

這話邏輯雖也曲折，可是子傑立刻領悟到了言外之意。在男人的記憶之中，昔日熱吻的感情雖淡、形像未泯，可是他的慚愧只維持了一瞬間就煙消雲散。因為舜蒂沒有見好收風，反而語帶諷刺，補上幾句：「我一個女人，說的出、做的到，千里迢迢從上海來尋你。你一個男人，『未婚妻』三個字，你都講不出！」

「你跟我訂婚了嗎？」子傑暴怒反擊。舜蒂的言語進耳時他的腦子自行剪裁，最後的解讀是，舜蒂明講暗示，就是要罵他「不是個男人！」

「你講你『千里迢迢』！請問啥人要你跑來昆明？」子傑早對舜蒂自做主張，以身犯險流亡大後方憋了一肚子氣在那裡。卻也曉得她固然是輕率魯莽，來給自己添亂，可是人家一個女孩子，也是鼓勇上路、為情吃苦，氣歸氣，畢竟也有幾分憐惜，多日以來盡力忍氣吞聲，維護隱忍。可是相罵無好語，積怨脫口而出，也是舜蒂態度粗惡，讓他逮到了一個發洩內心不滿的機會。

「程子傑，人講言話良心要擺在正當中！」舜蒂嘴上還在頑抗，內心早已被子傑兩句反問打趴。她嘴上不告饒，腦中自動重複著傷人的答案：「你沒和我訂婚！」，「你沒要我來找你！」

「大家都少講兩句好否？我要還車子。你下車好否？」子傑看看時間，態度軟化，語帶懇求。

舜蒂心中害怕不歡而散，感覺一住嘴就會被迫下車，開始東拉西扯，唯一的目的只是要把談話繼續下去：「急啥急要我下車？會得比你想送我去重慶還急？怕我在此地麻煩你是否？要去我自己會的去，啥人要你送了去？」

舜蒂說的話，句句都做了球給對方，只要子傑否定她提出的任何一條，舜蒂就算得到了下臺階。然而子傑眉頭越鎖越緊，卻不再作聲。舜蒂再說幾句，也已詞窮。車上兩人僵坐無聲，天色倏地昏暗了。

子傑清清喉嚨開口。他明顯不願再燃戰火，儘量放柔了聲音道：「你進去好吧？我車子回去遲了不行的呀。」

舜蒂賴在座上不下車。子傑看她一改先前囂張氣焰，垂頭喪氣的樣子反而讓他心生憐憫，不忍相逼，只能找話寬解：「蒂蒂，不是我喜歡講你，到處打仗你小姑娘瞎跑多少危險？你來尋我，我不通知你姊姊、姊夫，你屋裡廂以後曉得要怪我的，是否？反正，你也曉得自己留在昆明勿來事，對吧？」

舜蒂低頭不響，子傑轉臉看到一顆淚珠滴落在她的裙子上。子傑暗暗搖頭，長歎一口氣，低聲說：「不是講你從來不會的哭？」他停頓了一會，決定說出自己的心聲：「對不住，我曉得難為你了。你看看，我現在，哪能談朋友吶？結婚更不要提，強虜未滅，何以為家？你冒冒失失跑來昆明真的嚇到我了！」他把雙手一攤，「你自己講，我不送你去你五姊那裡哪能辦？」

舜蒂轉身抱住子傑，哇地哭倒他的懷中：「走的時候，約好了我來尋你的呀！」

兩人同時想到上海彼日，子傑突找舜蒂話別的情景。

子傑模糊記起，那天舜蒂好像是說過要自己回上海為她慶祝二十歲生日。可是現在仗還沒有打完，個人生日又是什麼大事？他根本連她生日是哪天都忘了。烽火連天中從上海到昆明，又不是從浦西跑到浦東，舜蒂不至於是為了這樣一句閒話就橫跨中國找他來了吧？

「會的作啊！」他心中歎息舜蒂真能找麻煩，卻不敢說出來，只怕「作」這個字要重啟爭端。舜蒂一頭秀髮在他鼻尖磨蹭，子傑心中雖無一絲男女之事的聯想，卻也記起當時兩人曾經形態親密。可是他臨行也明確表態要斬斷情絲了啊。他清清楚楚記得，自己當時是怎麼說的。

子傑溫柔地把舜蒂推開一點，扶著她的雙肩，看著她的眼睛，誠懇地說：「記得否？我講過，不要你當寡婦。我也說到做到。你曉得否？跟我一期的同學已經犧牲了多少。我自己也不曉得哪天上去了就會的落不來。還是那句言話，我不要你當寡婦。也不要你留在昆明，我自己朝不保夕，哪能照顧你？我過兩天調好假，送你去重慶你五姊那裡，我才能安心，對你屋裡廂才有交代。我跟你五姊夫電話上都講好了，你不要擔心，他們會的照顧你。」

這是兩人在昆明重逢以來，子傑對她說的最長、內容最豐富的一段話，偏偏舜蒂聽入耳的只有他不要這、他不要那。她再度痛哭出聲：「哇——你不要我了！講嘎許多就是講一句你不要我呀！」

子傑不同意舜蒂的說法。可是翻來覆去，再怎麼美化，他也無法否認舜蒂總結正確；說到底，在上海、在昆明，不管在哪裡，飛上天、掉下來，剩下的生命有多長，他都無意與她共。

舜蒂把從小到大沒有流的淚一次哭夠。子傑再鐵石心腸，也不忍趕她下車。可是他再不歸營還車，只怕要出亂子。他跳出車門，走到另一邊把舜蒂抱了下來。舜蒂抽抽噎噎，知道自己一放手就是生離，死命抱住子傑脖子，縮著腳不讓沾地。

子傑無奈，只好厚著臉皮把人橫抱了進屋。房東太太迎上前問怎麼了？舜蒂把臉深埋子傑肩窩，不抬頭也不理會，子傑知她耍無賴，只好替她遮蓋道：「帶她出去玩崴了腳不能走路，痛得一臉眼淚鼻涕，怕難看不好意思。」

房東太太忙請子傑把人抱進房間，自己拿了熱水瓶替舜蒂去廚房打熱水。子傑躬身進房，把舜蒂放低在床板上，使勁扳開舜蒂勾住自己脖子的手，趁旁邊沒人，壓低聲音嚴厲地說：「不要胡鬧！」掙脫束縛，轉身就走，口中還嘟囔了一聲：「任性！」

舜蒂聽見子傑口氣這樣不耐煩，想到自己追愛的努力付諸東流，心頭湧上種種委屈，剛收的淚又流下來。等到她再聽見門口子傑攔住房東太太，交代有急事現在要趕回去，預告舜蒂幾日後退房，他會來結帳云云，更曉得大勢已去。她從上海冒著生命的危險尋來又怎樣？他說又沒訂婚！他根本不承認他們有過約定。舜蒂心想，哪怕她現在就死過去，子傑也是鐵了心不要她的了！

舜蒂放聲而哭。落到了這個地步，她不知道除了哭，自己還能怎麼辦？她哭了很久，有力氣的時候大聲點，哭累了，啜泣一下，權當休息。她專心哭著，沒有聽見外面有人問了幾次：「怎麼回事？哪個哭那麼久，哭給誰聽啊！」

少女舜蒂才不在乎有沒有誰聽見她哭。難得一慟，不出清累積的絕望和屈辱，哪裡停得下來？

＊

中年舜蒂抱著大床上那只很久沒人用過的乾淨枕頭，痛哭不止，一樣停不下來。

從還是任性少女在昆明被愛人拋棄，盡情宣洩心情之後，舜蒂再度累積超過二十年的絕望和屈辱又已滿溢。這其間，她經歷了勝利之後漫漫的回鄉之路，回滬後費勁力氣才洗脫「程某棄婦」之名，重新活躍在社交場上，偏又遭逢大陸政局更迭，被迫投奔香港大姊家。香港的上海幫圈子更窄、流言更多，愈發增加了大齡女擇偶的困難。是時代蹉跎了她的青春和婚姻。十七歲就開始尋覓良人的舜蒂到了三十歲，才抱憾下嫁一個她以前絕對看不上的男人。可悲的是，婚姻沒有讓她的美夢成真，對人生的妥協只帶給她更深的幻滅。

「命不好啊！」舜蒂為自己悲哀。紹興戲裡多少妙齡小姐私定終身都成了狀元夫人，她卻碰到情郎負心。西洋童話裡的公主只要願意俯身親吻癩蛤蟆，王子就會現身，可是她的鄉下人丈夫不疼她愛她，她預期的人生「快樂結局」（Happy Ending）已經遙不可及。

她專心傾洩，沒有閒暇顧及此時此刻會有誰聽得到她的哭聲。

慶吾自鎖房中避戰已是氣悶，樓下哭聲穿牆而至，讓他更加心煩意躁。結婚以來，慶吾首次聽見舜蒂大哭，嚎啕之聲還透過樓板。忍無可忍，他比當年昆明女子宿舍裡的室友們還不客氣，直接對著地板用土話大吼：「你個婆娘嚎麼子嚎？老子還莫死啊！」

樓下哭聲經他一吼，似乎變本加厲。慶吾氣得搓手跺腳，卻無計可施，自感窩囊到家。

家裡的天天找事情吵哪個男人受得了？他面對咄咄逼人的老婆，一貫採取「苗頭不對、即刻走開」的閃避戰法，全是為了自保。今晚他見機得早，趁舜蒂還沒開始無理取鬧，就已躲到了安全地帶。按照經驗，舜蒂至多在樓梯前罵幾聲，這關就算過了。沒想到對方竟然發動新攻勢，夜深人靜了還鬼哭狼嚎，讓人不得安寧。他最後氣得打開房門，對著樓下大罵：「作吧你就作吧！三更半夜還讓不讓人活了？講個『觸啥霉頭』，就犯了天條，想氣死我你好做寡婦是否？」

*

雖然慶吾五十來歲腦溢血，在馬場買馬時忽然倒地身亡；跟隔著樓板吵架那夜時間相隔小十年，不算是一語成讖，他和舜蒂結婚不到三年就琴瑟失調，夫妻之間大吵小鬧鮮有安寧之日是事實，可是慶吾家族遺傳的高血壓、本身菸酒不斷、欠缺運動、嗜吃肥肉，恐怕才更是中風早逝的理由。在沒有任何證據指向妻子給丈夫的壓力是元凶的情形下，舜蒂實在不必一個勁兒把「慢性謀殺」這樣大的罪名，往自己身上攬，還在葬禮上對每一個上前慰問未亡人的弔唁來賓，自責害慶吾早死。

哪怕一生志業止於成家，再怎麼說，舜蒂也是進過洋學堂、流亡過大後方的時代女性。丈夫的追思儀式短短幾十分鐘，她從進場時那個梳著一絲不亂髮髻，身著得體黑旗袍，符合身分的高貴未亡人，到葬禮尾聲時變身瘋狂嘶吼的師奶，真是嚇壞了在場所有來賓。代替致祭的陸家晚輩，幾個人也拉不住她捶胸頓足、呼天搶地，紛紛疑問：「安娣哪能吶？」、「小阿姨怎麼回事？」

也有賓客悄悄議論：「『作』過頭了否？」

自虐還差不多，舜蒂這哪兒是「作」？當胡鬧沒有目的，一切做作不是手段，不想引人注目卻不在乎旁人訕笑圍觀，舜蒂的脫序行為已經失去了公認上海女人最擅長的「作」之精神。

不過也難怪眾人吃驚。舜蒂最早得知丈夫噩耗時，確實因為夫妻長期交惡，感情冷淡，雖然也表示難過，還真沒有過多傷痛，看似只把所有精神用在清點資產，確保自身權益。她還一直親自安排打點葬禮瑣事，到發喪之前都很冷靜自持，人前言行恰如其分。

一直到了喪禮這天，開始不對勁了！出家門前舜蒂跟姊姊通電話，明明聊到的是行禮流程，竟然提起了幾十年前的初戀男友：「他們講按照規矩老婆不能答禮。哦，死了丈夫，寡婦就不好見人了？十七歲程子傑就怕我當寡婦，四十年過去，今朝還是當了寡婦。有寡婦命，嫁給啥人都會的當，早知當初，何必怕嫁不出去嫁給盛慶吾？弄得伊天天尋我吵相罵，自己也氣得早死！」

說幾句還跑題，都是些相互不搭界的話題：「剛剛我才想到，我一生最危險的時候是一九四二年，從上海跑到昆明，如果死在去大後方的路上，算不算殉情呢？我一想，後來我活到現在，過的日子都是多出來的。」

不過舜蒂平時也愛說話，雖然這天時間地方都不合適，聽的人只感突兀與不耐，卻沒人太注意她忽然之間話特別多了起來。

奔赴殯儀館的路上，舜蒂跟開車來接她的幾個小輩聊天：「葬禮上的未亡人和婚禮上的新娘是一樣的，女人這天是主角，被大家當成寶貝、公主、王后。只不過婚禮把愛情送進墳墓，今朝葬禮把我的男人送進墳墓。」

負責護送的陸家晚輩不知道阿姨是不是還有心情講玩笑話，反正當成閒話聽聽。聞言諾諾，未置可否。沒想到這都是舜蒂失態的先兆。

慶吾遺體送焚化區時，事先講好的按風俗舜蒂須迴避，卻要陸家派出幾個壯丁才攔住非要親眼看到丈夫化為灰燼的未亡人。老年舜蒂淚水潰堤，哇哇狂嚎：「你們好狠心呀，最後一眼呀！好狠心呀！」

大姊夫陸永棠訝異地向妻子感歎道：「吾以為伊兩個天天吵相罵，哪個會的曉得感情嘎好?!」

大姊蘭熹替妹妹不顧儀態感覺丟人，低聲怒道：「十三點！勿作大，伊勿會的停咯！」氣自己妹妹好像鬧的亂子不夠大，還就停不了了！

舜蒂對旁邊的人說什麼都恍若未聞，她已經不管不顧。這次她沒躲在房裡，而是在眾人之前公然大哭，在場的聽見雖然同情，對她過激的表現也都感不以為然。雖然沒人出面喝止，卻也都暗暗希望她趕快打住，再搞下去，不但喪家顏面盡失，親友感覺難為情，葬禮也要變成鬧劇了。可是天下人都看到了舜蒂的眼淚，卻沒有人懂得她的傷心。誰會知道素來看似感情粗枝大葉，讓人覺得拿得起放得下的舜蒂，一生追愛不遂，心中始終糾結。少女時期被愛人用以威脅的噩夢今日成真，多年累積的絕望和挫折感再度滿溢，她的悲傷全盤爆發，沒有出清之前，哪裡停得下來？

二〇一五年十月二十七日 初稿
二〇一五年十月三十一日 定稿
二〇一六年三月十日 改錯漏字

INK PUBLISHING 文學叢書 481

四季紅

作　　者　蔣曉雲
總 編 輯　初安民
責任編輯　宋敏菁
美術編輯　林麗華
校　　對　吳美滿　蔣曉雲　宋敏菁

發 行 人　張書銘
出　　版　INK印刻文學生活雜誌出版有限公司
新北市中和區建一路249號8樓
電話：02-22281626
傳眞：02-22281598
e-mail：ink.book@msa.hinet.net
網　　址　舒讀網http://www.sudu.cc

法律顧問　巨鼎博達法律事務所
施竣中律師
總 代 理　成陽出版股份有限公司
電話：03-3589000（代表號）
傳眞：03-3556521
郵政劃撥　19000691　成陽出版股份有限公司
印　　刷　海王印刷事業股份有限公司

港澳總經銷　泛華發行代理有限公司
地　　址　香港新界將軍澳工業邨駿昌街7號2樓
電　　話　(852) 2798 2220
傳　　眞　(852) 2796 5471
網　　址　www.gccd.com.hk

出版日期　2016年3月　初版
ISBN　978-986-387-089-0

定　價　240元

國家圖書館出版品預行編目資料

四季紅：民國素人誌，第三卷／蔣曉雲 著；
--初版，--新北市：INK印刻文學，
2016.03　面；　公分（文學叢書；481）
ISBN 978-986-387-089-0（平裝）
857.63　　105003296